KB105649

인간 실격

한국어판 ⓒ 도서출판 잇북 2023

1판 1쇄 인쇄 2023년 8월 25일
1판 1쇄 발행 2023년 8월 30일

지은이 | 다자이 오사무
옮긴이 | 김대환
펴낸이 | 김대환
펴낸곳 | 도서출판 잇북

디자인 | 한나영

주소 | (10908) 경기도 파주시 소리천로 39, 파크뷰테라스 1325호
전화 | 031)948-4284
팩스 | 031)624-8875
이메일 | itbook1@gmail.com
블로그 | http://blog.naver.com/ousama99
등록 | 2008. 2. 26 제406-2008-000012호

ISBN 979-11-85370-69-9 03830

다자이 오사무

인간 실격

김대환 옮김

잇북
it BOOK

〈다자이 오사무의 이모저모〉

고등학교 졸업 앨범 속의 저자

1928년경의 저자

1946년 긴자의 바 '루팡'에서

인버네스 코트 차림의 저자

아내 미치코와 함께

〈다자이 오사무의 연인들〉

야마자키 도미에

오오타 시즈코

오야마 하쓰요

다나베 시메코

《인간 실격》 초판본 표지

《인간 실격》 초판본에 실린 저자 사진

차례

들어가며

나는 그 남자가 찍힌 석 장의 사진을 본 적이 있다.

한 장은 그의 유년 시절이라고나 할까. 열 살 전후로 추정
되는 무렵의 사진이었는데, 굵은 줄무늬의 하카마袴(기모노 위
에 입는 일본 남성의 전통 바지—옮긴이) 차림으로 여러 명의 여자(그
아이의 누나들, 누이동생들 그리고 사촌들로 보인다)에게 둘러싸인 그
아이가 정원 연못가에 서서 고개를 왼쪽으로 삐딱하게 30도
쯤 기울이고 흉측하게 웃고 있었다.

흉측하게? 아니다. 둔감한(그러니까 미추美醜 따위에는 관심이 없
는) 사람이라면 그냥 무심한 표정으로 "귀여운 도련님이시
네."라고 적당히 입에 발린 말을 해도 괜한 공치사로 들리지
는 않을 만큼, 말하자면 통속적인 '귀염성' 같은 것이 그 아
이의 웃는 얼굴에 없는 것도 아니었다. 그러나 미추에 대한
관념이 조금이라도 훈련된 사람이라면 얼핏 보기만 하고도

몹시 불쾌하다는 듯이 "참 기분 나쁘게도 생겼네."라면서 송충이라도 털어내듯 그 사진을 내던져버릴지도 모른다.

정말이지 그 아이의 웃는 얼굴은 보면 볼수록 왠지 모르게 기분이 나쁘고 찝찝해진다. 아니, 애초에 그것은 웃는 얼굴이 아니다. 그 아이는 전혀 웃고 있지 않았다. 그 증거로 그 아이는 양손을 꽉 움켜쥐고 서 있었다. 인간이란 주먹을 꽉 움켜쥔 상태에서는 웃을 수 없기 마련이다.

원숭이다. 원숭이가 웃고 있다. 그저 얼굴에 보기 싫은 주름을 잔뜩 잡고 있을 뿐이다. '주름투성이 도련님'이라고 부르고 싶을 만큼 정말이지 기묘한, 어딘지 추하고 묘하게 메슥거리게 하는 표정의 사진이었다. 나는 지금까지 그렇게 괴상한 표정의 소년을 본 적이 한 번도 없다.

두 번째 사진 속의 얼굴. 그것이 또 깜짝 놀랄 만큼 심하게 변해 있었다. 학생의 모습이다. 고교 시절의 사진인지, 대학 시절의 사진인지는 분명치 않지만 어쨌든 대단한 미남이다. 그러나 그 또한 이상하게도 사람이라는 느낌이 전혀 들지 않았다. 교복을 입고, 왼쪽 가슴에 있는 주머니에 하얀 손수건을 꽂은 채 등나무 의자에 걸터앉아 다리를 꼬고 이번에도 역시 웃고 있다.

이번 미소는 주름투성이의 원숭이 웃음이 아니라 꽤 능

숙한 미소가 되어 있었지만, 그래도 인간의 웃음과는 어딘지 다르다. 피의 무게랄까, 생명의 수수함이랄까, 그런 충실감이 전혀 없다. 새도 아닌데 그야말로 깃털처럼 가볍게 그냥 백지 한 장처럼 웃고 있다. 즉 하나부터 열까지 인공적인 느낌이 드는 것이다. 거들먹거린다고 하기에는 뭔가 부족하다. 경박하다고 하기도 그렇다. 교태를 부린다고 하기도 충분치 않다. 멋쟁이라고 하는 것도 물론 적절치 않다. 게다가 자세히 뜯어보면 이 미모의 학생한테서 어딘지 괴담 비슷한 섬뜩함이 느껴지는 것이었다. 나는 지금까지 이렇게 이상한 미청년을 본 적이 한 번도 없다.

그런데 마지막 한 장의 사진이 가장 기괴했다. 이제는 나이를 전혀 짐작할 수조차 없을 정도다. 머리가 희끗희끗하다. 그런 남자가 심하게 더러운 방(방 벽이 세 군데 정도 허물어진 것이 그 사진에 또렷이 찍혀 있다)의 한쪽 구석에서 작은 화롯불에 양손을 쬐고 있는데, 이번에는 웃고 있지 않았다. 아무런 표정이 없다.

말하자면 쭈그리고 앉아서 화롯불에 양손을 쬐다가 그냥 그대로 죽은 듯한, 정말이지 기분 나쁘고 불길한 냄새를 풍기는 사진이었다. 기괴한 것은 그뿐이 아니다. 그 사진에는 얼굴이 비교적 크게 찍혀 있어서 그의 생김새를 자세히 살

펴볼 수가 있었는데 이마도 평범하고, 이마의 주름도 평범하고, 눈썹도 평범하고, 눈도 평범하고, 코도 입도 턱도……아아, 그 얼굴에는 표정이 없을 뿐만 아니라 인상조차 없었다. 특징이 없는 것이다.

예컨대 내가 그 사진을 보고 나서 눈을 감았다고 치자. 내 머릿속에선 이미 그 얼굴이 사라지고 없다. 방 벽과 작은 화로는 떠올릴 수 있지만, 그 방 주인의 얼굴은 안개가 걷히듯 사라져서 아무리 애를 써도 떠오르지 않는다. 그림이 그려지지 않는 얼굴이다. 만화로도 그릴 수 없다. 눈을 뜬다. 아아, 이런 얼굴이었지. 이제 생각났다. 이런 기쁨조차 없다. 극단적으로 말하면 눈을 뜨고 사진을 다시 봐도 생각나지 않는 얼굴이다. 그렇게 그냥 불쾌하고, 께름칙하고, 나도 모르게 눈길을 돌리고 싶어진다.

소위 '죽은 얼굴'이라는 것에도 어떤 표정이라든가 인상이라는 것이 있을 텐데, 사람의 몸뚱이에 짐말의 대가리라도 갖다 붙이면 이런 느낌일까? 어쨌든 딱히 어디랄 것 없이 보는 사람을 오싹하고 불쾌하게 만든다. 나는 지금까지 이렇게 기묘한 얼굴의 남자를 본 적 역시 한 번도 없었다.

첫
번
째

수
기

부끄러움이 많은 생애를 보냈습니다.

저는 인간의 삶이라는 것을 도무지 이해할 수 없습니다. 저는 동북 지방의 시골 마을에서 태어났기 때문에 꽤 자란 다음에야 기차를 처음 보았습니다.

정거장의 육교를 오르내리면서도 그것이 선로를 건너기 위해 만들어졌다는 사실은 알아채지 못하고 그저 정거장 구내를 외국의 놀이터처럼 복잡하고 즐겁고 멋들어지게 보이기 위해 설치된 것이라고만 생각했습니다. 그것도 꽤 오랫동안 그렇게 생각했습니다. 육교를 올라갔다 내려갔다 하는 일이 저에게는 무척 세련된 놀이였고, 철도가 우리에게 제공하는 서비스 중에서도 가장 괜찮은 서비스 중 하나라고 생각했습니다.

그런데 나중에 그것이 단순히 손님들이 선로를 건너다닐

수 있도록 만들어진 지극히 실용적인 계단에 지나지 않는다는 사실을 알고 나서는 단박에 흥이 깨졌습니다.

또 어렸을 때 그림책에서 지하 철도라는 것을 보았을 때도, 그 또한 실용적인 필요 때문에 고안된 것이 아니라 지상에서 차를 타기보다는 지하에서 차를 타는 편이 별나고 재미있는 놀이이기 때문이라고만 생각했습니다.

저는 어렸을 때부터 몸이 약해서 자주 병치레를 했습니다. 자리에 누워서 요 커버, 베갯잇, 이불 홑청은 정말이지 쓸데없는 장식품이라고만 생각했는데 뜻밖에도 그것이 실용적인 물건이라는 사실을 스무 살 가까이 되어서야 알게 되었고, 인간의 알뜰함에 암담해지고 서글퍼졌습니다.

또 저는 배고픔이라는 것을 몰랐습니다. 아니, 그건 제가 의식주가 넉넉한 집안에서 자랐다는 그런 시건방진 뜻이 아니라 '공복'이라는 감각이 어떤 것인지 전혀 알 수가 없었다는 것입니다.

이상하게 들리겠지만 저는 배가 고파도 그걸 느끼지 못했습니다. 소학교, 중학교 때 제가 학교에서 돌아오면 주위 사람들이 "저런, 배고프지? 우리도 그랬거든. 학교에서 돌아왔을 때가 최고로 배고프다니까. 아마낫토바納豆(콩을 삶아서 달게 졸여 설탕에 버무린 과자─옮긴이)는 어떠니? 카스텔라도 있고,

빵도 있단다." 따위로 법석을 떨었기 때문에 저는 타고난 아부 정신을 발휘해서 "아아, 배고파."라고 중얼거리고는 아마 낫토를 열 알 정도 입에 집어넣었습니다만, 공복감이라는 것이 어떤 것인지는 전혀 몰랐습니다.

물론 저도 식욕은 왕성했습니다. 그러나 배가 고파서 뭔가를 먹은 기억은 거의 없습니다. 희귀해 보이는 것, 고급스러워 보이는 것을 먹었습니다. 또 남의 집에 가서 대접받을 때는 억지로라도 대개 다 먹었습니다. 그래서 어렸을 때 제가 가장 고통스러웠던 시간은 우리 집 식사 시간이었습니다.

저의 시골집에서는 열 명 정도 되는 가족이 모두 모여 독상을 두 줄로 마주 보게 늘어놓고 각자 그 앞에 앉아서 밥을 먹었습니다. 막내인 저는 물론 맨 끝자리였습니다. 식사하는 방은 어두컴컴했고, 점심 같은 때 열 명 남짓 되는 가족이 말없이 그저 밥을 먹고 있는 모습은 저에게 언제나 으스스한 느낌이 들게 했습니다.

게다가 시골의 고지식한 집안이었기 때문에 반찬도 대체로 정해져 있어서 희귀한 것, 고급스러운 것 등은 바랄 수도 없었던지라 저에게는 식사 시간이 더욱더 두려웠습니다. 저는 그 어두컴컴한 방의 끝자리에서 추위에 덜덜 떠는 기분으로 밥알을 조금씩 입으로 가져다가 욱여넣으며 인간은 왜 하루에 세 번이나 꼬박꼬박 밥을 먹는 걸까, 정말 다들 엄숙한 표정으로 먹고 있군, 이것도 일종의 의식 같은 것이어서 가족이 매일 세 번 시간을 정해놓고 어두컴컴한 방에 모여 밥상을 순서대로 늘어놓고 먹고 싶지 않아도 말없이 밥알을 씹으면서 고개를 숙이고 집 안에서 꿈틀거리고 있는 넋들에 기도하기 위한 것이 아닐까, 라는 생각조차 한 적이 있을 정도였습니다.

밥을 안 먹으면 죽는다는 말은 제 귀에는 그저 듣기 싫은 위협으로밖에는 들리지 않았습니다. 그 미신(지금까지도 저에게는 왠지 미신처럼 느껴집니다)은 그러나 언제나 저에게 불안과 공포를 안겨주었습니다. 인간은 밥을 먹지 않으면 죽으니까 일해서 먹고살아야 한다는 말만큼 저에게 난해하고 어렵고 협박 비슷하게 울리는 말은 없었습니다.

즉 저에게는 '인간이 삶을 영위한다.'는 말의 의미가 그때껏 전혀 이해되지 않았다는 얘기가 될 것 같습니다. 저의 행복이라는 관념과 이 세상 사람들의 행복이라는 관념이 전혀 다를지도 모른다는 불안, 그 불안 때문에 저는 밤이면 밤마다 전전하고, 신음하고, 미칠 뻔한 적도 있었습니다.

저는 과연 행복한 걸까요? 저는 어렸을 때부터 행운아라는 말을 정말이지 자주 들었습니다. 하지만 저 자신은 언제나 지옥 속에서 사는 느낌이었고, 오히려 저에게 행복하다고 말하는 사람들 쪽이 저와 비교도 되지 않을 만큼 훨씬 더 안락해 보였습니다.

'나한테는 재앙 덩어리가 열 개 있는데 그중 한 개라도 이웃 사람이 짊어지게 되면 그것만으로도 그 사람에게는 충분히 치명타가 되지 않을까?' 하고 생각한 적도 있습니다.

즉, 알 수가 없었습니다. 이웃 사람들의 괴로움의 성질과 정도라는 것이 전혀 짐작이 가지 않았던 것입니다.

현실적인 괴로움, 그저 밥만 먹을 수 있으면 그것으로 해결되는 괴로움. 그러나 그것이야말로 가장 강한 고통이며 내가 지닌 열 개의 재앙 따위는 상대도 안 될 만큼 처참한 아비지옥일지도 모른다. 그건 잘 모르겠다. 그러나 그런 것치고는 자살도 하지 않고, 미치지도 않고, 정치를 논하고, 절망도 하지 않고, 좌절하지도 않고, 살기 위한 투쟁을 잘도 이어가고 있다. 그렇다면 괴롭지 않은 게 아닐까? 에고이스트가 되는 것이 당연한 일이라고 확신하고 한 번도 자신을 의심한 적이 없는 것은 아닐까? 그럼 편하겠지. 그러나 인간이란 다 그런 것이고 또 그러면 만점인 게 아닐까? 모르겠다……. 밤에는 푹 자고 아침에는 상쾌할까? 어떤 꿈을 꿀까? 길을 걸으면서 무엇을 생각할까? 돈? 설마 그것만은 아니겠지. 인간은 먹기 위해 산다는 말은 들은 적이 있지만, 돈 때문에 산다는 말은 들은 적이 없어. 아니, 그러나 어쩌면…… 아니, 그것도 알 수 없어.

　……생각하면 생각할수록 저는 알 수가 없어졌고, 저 혼자 별난 놈인 것 같은 불안과 공포에 휩싸일 뿐이었습니다. 저는 이웃 사람하고 거의 대화를 나누지 못합니다. 무슨 말을 어떻게 해야 할지 모르기 때문입니다.

　그래서 생각해낸 것이 익살이었습니다.

　그것은 인간에 대한 저의 마지막 구애였습니다. 저는 인간을 극도로 두려워하지만 그렇다고 해서 인간을 차마 포기할 수 없었던 것 같습니다. 그렇게 저는 익살이라는 실 하나로 간신히 인간과 연결될 수 있었습니다. 겉으로는 늘 웃는 얼굴을 하고 있지만 속으로는 필사적인, 그야말로 천 번에 한 번 성공할까 말까 한 위기일발의 진땀 나는 서비스였습니다.

　저는 어렸을 때부터 가족에 대해서조차 그들이 얼마나 힘들어하고 또 어떤 생각을 하며 사는지 전혀 짐작할 수가 없었습니다. 그저 두렵고 거북해서 그 어색함을 이기지 못하고 일찍부터 숙련된 익살꾼이 되었습니다. 즉, 어느 틈에 진실은 단 한마디도 말하지 않는 아이가 되어버린 것입니다.

그 무렵 가족과 함께 찍은 사진 같은 걸 보면 다른 사람들은 모두 진지한 얼굴을 하고 있는데 저 혼자 꼭 기묘하게 얼굴을 일그러뜨리고 웃고 있습니다. 그 또한 저의 어리고 슬픈 익살의 일종이었습니다.

또 저는 육친한테 어떤 말을 듣고 말대꾸한 적이 한 번도 없었습니다. 사소한 꾸중이 저에게는 청천벽력과도 같이 강하게 느껴져서 저를 미칠 지경에 이르게 했기 때문에 말대꾸는커녕 그 꾸중이야말로 말하자면 만세일계萬世一系(온 세상이 일왕의 한 핏줄이라는 일본의 왜곡된 역사관을 선전하기 위한 말—옮긴이)의 인간의 '진리'임이 틀림없다, 나는 그 진리를 행할 능력이 없으니까 더는 인간과 더불어 살 수 없는 게 아닐까 하고 믿어 버린 것입니다.

그래서 저는 말싸움도 자기변명도 하지 못했습니다. 남이 저에게 욕을 하면 '그래 정말이야, 내가 완전 잘못 생각하고 있었어.'라고 생각되어서 언제나 그 공격을 잠자코 받아들이고 속으로는 죽을 것 같은 공포를 느꼈습니다.

누구든 남이 비난을 퍼붓거나 화를 낼 때 기분이 좋을 사람은 없겠습니다만, 저는 화를 내는 인간의 얼굴에서 사자보다도, 악어보다도, 용보다도 더 끔찍한 동물의 본성을 보는 것이었습니다. 평소에는 본성을 숨기고 있다가 어떤 기회에, 예컨대 소가 풀밭에서 느긋하게 자고 있다가 갑자기 꼬리로 배에 앉은 쇠파리를 '탁' 쳐서 죽이듯이, 느닷없이 인간의 무시무시한 정체를 분노로 드러내는 모습을 보면 저는 언제나 머리털이 곤두서는 듯한 전율을 느꼈습니다. 그리고 그 본성 또한 인간이 살아가는 데 필요한 자격 중 하나일지도 모른다고 생각하면 저 자신에 대한 절망감에 휩싸이곤 했습니다.

늘 인간에 대한 공포에 떨며 전율하고 또 인간으로서의 자신의 언동에 티끌만큼도 자신감을 갖지 못하고, 그렇게 저 혼자만의 오뇌懊悩(뉘우쳐 한탄하고 번뇌함—옮긴이)는 가슴속 작은 상자에 간직하고 그 우울함과 초조함을 꼭꼭 감춘 채 그저 천진난만한 낙천가인 양 가장하면서 저는 익살스럽고 별난 아이로 점차 완성되어 갔습니다.

뭐든 좋으니 웃기기만 하면 된다. 그러면 인간들은 내가 그들이 말하는 소위 '삶'이라는 영역에서 벗어나 있어도 그다지 신경 쓰지 않을지도 모른다. 어쨌든 그들 인간의 눈에 거슬려서는 안 된다. 나는 무無다. 바람이다. 텅 비었다. 이런 생각만 강해져서 저는 익살로 가족을 웃겼고, 또 가족보다 더 이해하기 어렵고 두려운 머슴과 하녀들한테까지도 필사적으로 익살 서비스를 했던 것입니다.

저는 한여름에 유카타浴衣(여름철에 입는 무명 홑옷—옮긴이) 안에 빨간 털 스웨터를 입고 복도를 걸어 다녀서 집안사람들을 웃겼습니다. 좀처럼 웃지 않는 큰형조차 그런 저를 보고는 웃음을 터뜨리며 "요조, 그게 어울린다고 생각하니?"라고 귀여워 죽겠다는 듯이 말했습니다. 뭐 저도 한여름에 털 스웨터를 입고 다닐 만큼 더위와 추위를 모르는 기인은 아닙니다. 실은 누나의 발 토시를 양팔에 끼고 유카타의 소매 밖으로 내보여 스웨터를 입고 있는 것처럼 보이게 했던 것입니다.

저희 아버지는 도쿄東京에 볼일이 많은 분이셨기 때문에 우에노上野의 사쿠라기초桜木町에 별장을 갖고 있었고, 한 달 중 태반은 도쿄에 있는 그 별장에서 지내셨습니다. 그리고 돌아오실 때마다 가족 모두에게, 또 친척들한테까지 정말이지 엄청나게 많은 선물을 사서 가지고 오시는 것이, 뭐랄까, 아버지의 취미 같은 것이었습니다.

언젠가 도쿄로 가시기 전날 밤에 아버지는 자식들을 손님방에 모아놓고 이번에는 어떤 선물이 좋을지 한 사람 한 사람한테 웃으며 물으시고 자식들의 대답을 일일이 수첩에 적으셨습니다. 아버지가 자식들을 그렇게 다정하게 대하시는 것은 드문 일이었습니다.

"요조는?"

아버지가 물으셨을 때 저는 대답을 못 하고 우물쭈물했습니다.

"뭐가 갖고 싶어?" 하고 누가 물으면 그 순간 저는 아무것도 갖고 싶지 않게 되는 것이었습니다. 아무래도 상관없어. 어차피 나를 즐겁게 해줄 것 따위는 없어. 그런 생각이 잠깐 일어나는 것과 동시에 남이 주는 것은 아무리 제 취향에 맞지 않아도 거절하지 못했습니다. 싫은 것을 싫다고 하지 못하고, 또 좋아하는 것도 주뼛주뼛 뭔가를 훔친 것처럼 영 개운치 않은 기분을 맛보고, 그렇게 표현할 길 없는 공포에 몸부림쳤습니다. 즉 저에게는 양자택일하는 능력조차 없었던 것입니다. 이것은 훗날 저의 소위 '부끄러움이 많은 생애'의 중대한 원인이 되기도 한 습성 중 하나였던 것 같습니다.

제가 입을 다문 채 우물쭈물하고 있으니까 아버지는 조금 불쾌한 얼굴이 되었습니다.

"역시 책인가? 아사쿠사 경내의 상점가에서 아이들이 뒤집어쓰고 놀기에 알맞은 크기의 정월 사자춤 탈을 팔고 있던데 그건 갖고 싶지 않으냐?"

갖고 싶지 않으냐는 말을 들었다면 다 틀려버린 겁니다. 익살스러운 대답이든 뭐든 못 하게 된 것이지요. 익살꾼 노룻은 완전히 낙제입니다.

"책이 낫겠죠."

큰형이 진지한 얼굴로 말했습니다.

"그래?"

아버지는 흥이 깨진 얼굴로 적지도 않고 수첩을 탁 덮으셨습니다.

이게 무슨 실수람. 내가 아버지를 화나게 했어. 아버지의 복수는 틀림없이 가혹할 거야. 늦기 전에 어떻게든 수습해야 할 텐데. 그날 밤 이불 속에서 부들부들 떨면서 생각하던 저는 살그머니 일어나 손님방에 가서 아버지가 아까 수첩을 집어넣으신 서랍을 열고 수첩을 꺼내 팔랑팔랑 넘기며 선물 주문이 기입된 페이지를 찾아내 수첩에 달린 연필에 침을 묻혀 '사자춤'이라고 써놓고 잤습니다.

저는 그 사자탈이 전혀 갖고 싶지 않았습니다. 차라리 책이 나았습니다. 하지만 아버지가 그 사자탈을 저한테 사주고 싶어 하신다는 사실을 깨닫고 아버지의 뜻을 따름으로써 아버지의 기분을 좋게 해드리고 싶은 일념에 한밤중에 감히 손님방에 몰래 숨어드는 모험을 감행했던 것입니다.

과연 저의 비상수단은 예상했던 대로 대성공을 거두었습니다. 이윽고 아버지가 도쿄에서 돌아오셨을 때 어머니한테 큰 소리로 말씀하시는 것을 저는 방에서 들었습니다.

"경내의 상점가에 있는 장난감 가게에서 이 수첩을 열어 보았더니, 이것 좀 봐요. 이렇게 사자춤이라고 쓰여 있지 않겠어? 이건 내 글씨가 아닌데. 응? 하고 의아해하다 생각이 미쳤소. 이것은 요조의 장난이오. 그 녀석 내가 물었을 때는 히죽히죽 웃기만 하더니 나중에 아무래도 사자탈이 갖고 싶어서 견딜 수가 없었던 게요. 여하튼 녀석은 조금 별나니까 말이오. 모른 척하고 여기에 이렇게 또박또박 써놨더라고. 그렇게 갖고 싶었으면 그렇다고 하면 될 텐데. 나는 장난감 가게 앞에서 그만 웃음을 터뜨렸지 뭐요. 요조를 어서 이리 불러요."

또 저는 머슴이나 하녀들을 서양식 방에 모아놓고 머슴 한 사람에게 되는대로 피아노(시골이기는 했습니다만 우리 집에는 대체로 모든 것이 갖춰져 있었습니다) 건반을 두드리게 하고, 그 엉터리 곡에 맞추어 인디언 춤을 춰 보여서 사람들을 웃겼습니다. 둘째 형은 카메라 플래시를 터뜨리며 인디언 춤을 추는 제 모습을 찍었고, 현상된 사진을 나중에 보니 제가 허리에 두른 헝겊(그것은 오색무늬의 보자기였습니다)의 매듭 부분에 작은 고추가 보여서 그것이 또 온 집 안을 웃음바다로 만들었습니다. 저로서는 그 일 또한 뜻밖의 성공이었는지도 모릅니다.

저는 매달 새로 발간되는 소년 잡지를 열 권도 넘게 구독했고, 그 밖에도 여러 가지 책을 도쿄에서 주문해 읽었기 때문에 당시 인기 있던 연재물 속 엉망진창 박사라느니 또 무슨무슨 박사라느니 하는 존재와 무척 친숙했습니다. 또 괴담, 야담, 만담, 에도코바나시江戸小咄(도쿄의 옛 이름인 에도에서 유행하던 짤막한 이야기—옮긴이) 따위도 많이 알고 있었기 때문에 진지한 얼굴로 우스꽝스러운 소리를 해서 집안사람들을 웃기는 데 소재가 부족한 적은 없었습니다.

그러나 아아, 학교!

학교에서 저는 존경이란 걸 받기 시작했습니다. 존경받는다는 관념 또한 저를 몹시 두렵게 했습니다. 거의 완벽하게 사람들을 속이다가 전지전능한 어떤 사람한테 간파당하여 산산조각이 나서 죽기보다 더한 창피를 당하게 되는 것이 '존경받는다'는 상태에 대한 저의 정의였습니다. 사람들을 속이고 '존경받는다' 해도 누군가 한 사람은 알고 있습니다. 그리고 사람들이 그 사람한테서 듣고 자기가 속은 것을 마침내 알게 되었을 때, 사람들이 느낄 분노와 품게 될 복수심이 어떤 것인지 상상만 해도 온몸의 털이 곤두서는 것이었습니다.

저는 부잣집에 태어났다는 사실보다도 흔히들 말하는 '공부 천재'로 학교 전체의 존경을 받게 되었습니다.

저는 어릴 적부터 몸이 약해서 자주 한 달이나 두 달, 또는 일 년 가까이 병상에 누워 학교를 쉬곤 했습니다. 그래도 병이 낫자마자 인력거를 타고 학교에 가서 학년말 시험을 치르면 우리 반 누구보다도 성적이 좋았습니다. 건강이 좋을 때도 저는 도통 공부를 하지 않았고, 학교에 가도 수업 시간에 만화 따위나 그리고 쉬는 시간에는 그것을 반 아이들에게 설명해주어서 웃게 했습니다. 또 글짓기 시간에는 우스갯소리만 써서 선생님께 주의를 들었지만, 그 짓을 그만두지 않았습니다. 선생님도 실은 저의 우스갯소리를 은근히 즐기고 있는 것을 알고 있었기 때문이었습니다.

어느 날 저는 여느 때처럼 어머니와 함께 상경하는 기차 안에서 객차 통로에 놓인 가래 뱉는 항아리에 오줌을 누고 말았다는 실수담(그러나 그때 저는 그것이 가래 뱉는 통인 걸 모르고 한 짓은 아니었습니다. 어린아이의 천진함을 내세워서 일부러 그렇게 했던 것입니다)을 짐짓 슬픈 필치로 써서 제출했습니다. 선생님이 틀림없이 웃으리라는 자신이 있었기 때문에 교무실로 돌아가시는 선생님 뒤를 몰래 쫓아갔더니 선생님은 교실을 나서자마자 제 작문을 우리 반 아이들의 작문 뭉치 속에서 골라내 복도를 걸으면서 읽기 시작하더니 쿡쿡 웃으셨고, 이윽고 교무실에 들어가서는 다 읽으셨는지 얼굴이 벌게져서 큰 소리로 웃으며 곧바로 다른 선생님한테도 그것을 보여주었습니다. 그것을 확인하고 저는 무척 만족했습니다.

장난꾸러기.

저는 소위 장난꾸러기로 보이는 데 성공했습니다. 존경받는 것으로부터 도망치는 데 성공했습니다. 성적표는 전 과목 다 10점 만점이었습니다만, 품행이라는 항목만은 7점인가 6점인가 해서 그 또한 집안사람들의 큰 웃음거리가 되었습니다.

그렇지만 제 본성은 장난꾸러기 같은 것하고는 완전히 정반대였습니다. 그 당시 이미 저는 하녀와 머슴한테서 치욕스러운 일을 배웠고 순결을 잃었습니다. 지금은 어린아이한테 그런 짓을 하는 것은 인간이 저지를 수 있는 범죄 가운데서도 가장 추악하고 천박하고 잔혹한 범죄라고 생각합니다. 그러나 그때 저는 참았습니다. 그것으로 인간의 특질을 또 하나 알게 됐다는 생각조차 들었고, 그래서 힘없이 웃었습니다.

만일 제가 진실을 말하는 습관이 들어 있었다면 당당하게 그들의 범죄를 아버지나 어머니한테 일러바칠 수 있었을지도 모릅니다. 그러나 저는 아버지나 어머니도 전부는 이해할 수 없었던 것입니다. 인간에게 호소한다. 그런 수단에 저는 조금도 기댈 수 없었습니다. 아버지한테 호소해도, 어머니한테 호소해도, 순경한테 호소해도, 정부에 호소해도 결국은 처세에 능한 사람들에게 세상에서 잘 통용되는 주장을 마음껏 외칠 수 있게 해줄 뿐이지 않을까. 틀림없이 편파적일 게 뻔해. 필경 인간에게 호소하는 것은 헛일이야. 저는 역시 아무것도 사실대로 말하지 않고 참으며 익살꾼 노릇을 계속할 수밖에 없다는 마음이었습니다.

뭐야, 인간에 대한 불신을 말하고 있는 거야? 흥, 네가 언제부터 크리스천이 됐는데? 하고 비웃을 사람도 혹시 있을지 모릅니다. 그러나 인간에 대한 불신이 꼭 종교의 길로 곧장 이어지는 것은 아니라고 저는 생각합니다. 실제로 그렇게 비웃는 사람들도 포함해서 인간은 서로에 대한 불신 속에서 여호와고 나발이고 염두에 두지 않고 태연하게 살아가고 있지 않습니까?

역시 제가 어렸을 때의 일입니다만 아버지가 소속되어 있던 어느 정당의 유명인이 우리 마을에 연설하러 와서 저도 머슴들에게 이끌려 극장에 갔습니다. 만원이었습니다. 특히 이 마을에서 아버지와 친밀하게 지내는 사람들의 얼굴이 전부 보였고 모두 열렬하게 박수를 보내고 있었습니다.

연설이 끝난 후 청중이 삼삼오오 무리를 지어 눈이 내리는 밤길을 걸어서 집으로 돌아가는데, 그날 밤의 연설회에 대해 욕을 퍼붓고 있는 것이었습니다. 그중에는 아버지와 특별한 친분이 있는 분의 목소리도 섞여 있었습니다. 소위 아버지의 '동지들'이 아버지의 개회사도 형편없었고, 그 유명인의 연설이라는 것도 뭐가 뭔지 도통 알아들을 수가 없었다고 화난 듯한 어조로 말하고 있었습니다. 그러고는 우리 집에 들러서 응접실에 들어와서는 아버지한테 오늘 밤의 연설회는 대성공이었다고 진심으로 기뻐하는 얼굴로 말했습니다. 오늘 밤 연설회 어땠어? 하고 어머니가 물으시자 머슴들까지도 아주 재미있었다고 천연덕스럽게 대답했습니다. 연설회만큼 재미없는 건 없다고 돌아오는 내내 투덜거렸으면서도 말입니다.

그러나 이런 것은 정말이지 하찮은 예에 지나지 않습니다. 서로를 속이면서도 희한하게 전혀 상처도 입지 않고 서로가 서로를 속이고 있다는 사실조차 알아차리지 못하는 듯 정말이지 뚜렷한, 그야말로 맑고 밝고 선명한 불신의 예가 인간의 삶 속에는 가득한 것으로 느껴집니다.

하지만 저는 사람들이 서로를 속이고 있다는 사실 따위에는 그다지 특별한 감흥이 없습니다. 저 역시 익살을 떨며 아침부터 밤까지 사람들을 속이고 있으니까요. 저는 도덕 교과서에 나오는 정의니 뭐니 하는 도덕 따위에는 별로 관심이 없습니다. 저한테는 서로 속이면서 살아가는, 혹은 살아갈 자신이 있는 것처럼 보이는 인간이 난해할 뿐입니다.

사람들은 끝내 저한테 그 비결을 가르쳐주지 않았습니다. 그것만 터득했더라면 제가 이처럼 인간을 두려워하면서 필사적인 서비스 같은 것을 하지 않아도 됐을 텐데 말입니다. 인간의 삶과 대립하며 밤이면 밤마다 지옥과도 같은 괴로움을 맛보지 않아도 되었을 텐데 말입니다.

즉, 제가 머슴과 하녀들의 그 가증스러운 범죄조차 누구한테도 호소하지 않았던 것은 인간에 대한 불신 때문도 아니고, 또 기독교적 박애주의 때문도 아니고, 그저 사람들이 요조라는 저에게 신용의 껍질을 굳게 닫고 있었기 때문이라고 생각합니다. 부모님조차 제가 이해할 수 없는 행동을 가끔 보이셨으니까요.

그리고 아무한테도 호소하지 못하는 저의 이런 고독의 냄새를 본능적으로 수많은 여성에게 맡게 하여 훗날 제가 갖가지 사건에 휘말리는 원인 중 하나가 된 듯한 기분도 드는 것이었습니다.

즉, 저는 여성들의 처지에서 보면 사랑의 비밀을 지켜주는 사내였다는 얘기입니다.

두 번 째 수 기

파도가 밀어닥치는 바닷가라고 해도 될 만큼 바다와 가까운 연안에 키가 꽤 큰 시커먼 산벚나무가 스무 그루도 넘게 늘어서 있었습니다. 새 학년이 시작될 무렵이면 푸른 바다를 배경으로 산벚꽃이 끈끈해 보이는 갈색 어린잎과 함께 현란한 꽃을 피웠고, 꽃이 질 무렵이면 꽃잎이 무수히 바다에 떨어져서 해면을 아로새기며 떠돌다 파도를 타고 다시 기슭으로 되돌아오곤 했습니다.

　저는 그 벚꽃 모래사장을 그대로 교정으로 쓰고 있는 동북 지방의 어느 중학교에, 시험공부를 제대로 하지 않았는데도, 그럭저럭 무사히 입학할 수 있었습니다. 그 중학교의 교모 휘장에도, 교복 단추에도 활짝 핀 벚꽃이 도안되어 있었습니다.

　그 중학교와 인접해서 우리 집안과 먼 친척뻘 되는 사람의 집이 있었기 때문에 아버지가 그 바다와 벚꽃 중학교를 저한테 골라주셨던 것입니다.

저는 그 집에 맡겨졌고, 학교가 바로 옆이었기 때문에 아침 종이 울리는 것을 듣고 나서야 뛰어서 등교하는 정말 게으른 학생이었습니다만, 그래도 예의 익살로 나날이 반에서 인기를 얻어갔습니다.

난생처음, 이른바 타향으로 나온 셈입니다만 저한테는 그 타향이 제가 태어난 고향보다 훨씬 더 편하게 느껴졌습니다. 그 무렵에는 저의 익살도 마침내 전문가급이 되어서 남을 속이는 데 전만큼 고심할 필요가 없었기 때문이라고 할 수도 있겠지만, 그보다는 어떤 천재한테도, 예컨대 하느님의 아들인 예수님한테도 가족과 타인, 고향과 타향 사이에는 연기를 하는 데 있어서 쉬움과 어려움의 차이가 반드시 존재하지 않을까요?

배우가 제일 연기하기 어려운 곳은 고향의 극장이고, 더욱이 일가친척이 모두 늘어앉은 좁은 공간에서는 아무리 명배우라도 연기 같은 것은 제대로 할 수 없지 않을까요? 그래도 저는 해냈습니다. 그것도 큰 성공을 거두었습니다. 그만큼 산전수전 다 겪은 제가 타향에 나와서 만에 하나라도 연기하는 데 실수를 저지르는 일이 없는 것은 너무나 당연한 일이었습니다.

　인간에 대한 공포가 예전 못지않게 가슴속 깊은 곳에서 격렬하게 꿈틀거리고 있었지만, 연기는 정말로 능숙해져서 교실에서 늘 반 아이들을 웃겼고, 선생님도 "이 반은 오바(주인공인 요조의 성—옮긴이)만 없으면 참 괜찮은 반인데."라고 말로는 탄식하면서도 손으로 입을 가리고 웃으셨습니다. 저는 벼락같이 야만스러운 고함을 내지르는 배속 장교(당시 훈련 교관으로 중고등학교에 배치되었던 군인—옮긴이)까지도 정말이지 쉽게 웃길 수 있었습니다.

　이제는 내 정체를 완벽하게 은폐할 수 있겠다 싶어서 마음을 놓으려던 참에 저는 정말로 뜻하지도 않게 등 뒤에서 칼을 맞았습니다.

　그는 등 뒤에서 기습하는 사내들이 다 그렇듯이 반에서 가장 왜소한 체격에 얼굴도 시퍼렇고, 아버지나 형한테서 물려받은 것이 분명한 쇼토쿠 태자聖德太子(6세기 말에서 7세기 초에 활약한 일본의 섭정이자 정치가. 고대 일본의 정치체제를 확립한 인물—옮긴이)의 옷처럼 소매가 긴 윗도리를 입고, 성적은 바닥을 치며 교련이나 체육 시간에도 늘 견학만 하는 백치 비슷한 학생이었습니다. 저조차 정말이지 그 학생에게만큼은 경계할 필요성을 전혀 느끼지 못했습니다.

그날 체육 시간에 다케이치(성은 기억나지 않지만 이름은 다케이치였던 것으로 기억합니다)는 평소처럼 견학을 하고 있었고, 우리는 철봉 연습을 하는 중이었습니다.

저는 일부러 한껏 진지한 표정으로 철봉을 향해 "이얍!" 하고 기합을 넣으며 달려가서는 그대로 멀리뛰기를 하듯 앞으로 날아가 모래밭에 엉덩방아를 쿵 찧었습니다. 물론 계획된 실수였습니다. 예상대로 모두 폭소를 터뜨렸고, 저도 쓴웃음을 지으면서 일어나 바지에 묻은 모래를 털고 있는데, 언제 왔는지 다케이치가 제 등을 쿡쿡 찌르면서 낮은 목소리로 이렇게 속삭였습니다.

"일부러 그랬지?"

심장이 덜컥 내려앉는 것 같았습니다. 일부러 실수했다는 사실을 다른 사람도 아닌 다케이치한테 간파당하리라곤 생각도 못 했기 때문입니다. 온 세상이 순식간에 지옥 불에 휩싸여 훨훨 타오르는 광경을 눈앞에서 보는 듯하여 저는 '으악!' 하고 소리치면서 발광할 것 같은 기분을 필사적으로 억눌렀습니다.

그 이후로 날마다 이어지는 불안과 공포.

겉으로는 여전히 서글픈 익살을 연기하며 모두에게 웃음을 주면서도 문득 저도 모르게 괴로운 한숨이 새어 나왔습니다. 뭘 하든 다케이치가 낱낱이 간파하고 있다. 그리고 조만간 그 녀석이 아무한테나 이 얘기를 퍼뜨리고 다닐 게 틀림없다고 생각하니 이마에 축축하게 진땀이 솟았고, 미치광이 같은 묘한 눈초리로 희번덕거리며 공연히 주위를 두리번거리게 되었습니다.

할 수만 있다면 아침, 낮, 밤, 스물네 시간을 꼬박 다케이치 옆에 찰싹 달라붙어서 비밀을 퍼뜨리지 못하게 철저히 감시하고 싶었습니다. 또 녀석한테 들러붙어 있는 동안 내 익살이 '일부러 하는 행동'이 아니라 진짜라고 믿게끔 할 수 있는 노력이란 노력은 다하고, 잘만 된다면 녀석하고 다시없는 친구가 되고 싶다, 만일 이러한 것들이 다 불가능하다면 그때는 그가 죽기를 바랄 수밖에 없다고까지 외곬으로 생각했습니다.

하지만 아무리 그래도 그를 죽이려는 마음만은 생기지 않았습니다. 저는 지금까지 살아오면서 남이 저를 죽여줬으면 하고 바란 적은 여러 번 있었지만 남을 죽이고 싶다고 생각한 적은 한 번도 없었습니다. 그것은 오히려 상대방을 행복하게 해주는 일일 뿐이라고 생각했기 때문입니다.

저는 그를 회유하기 위해 우선 얼굴에 사이비 크리스천 같은 '다정한' 미소를 띠고 고개를 30도 정도 왼쪽으로 기울이고는 그의 조그만 어깨를 가볍게 감싸 안으며 간사하고 달콤한 목소리로 제가 기숙하고 있는 집에 놀러오라고 수시로 꼬드겼습니다. 그러나 그는 언제나 멍한 눈초리로 아무 대꾸가 없었습니다.

그러던 어느 날 방과 후, 분명 초여름 무렵이었습니다. 소나기가 억수같이 쏟아져서 다른 아이들은 어떻게 집에 갈지 난처해하고 있었습니다만, 저는 집이 바로 옆이었기 때문에 개의치 않고 밖으로 뛰어나가려다 문득 다케이치가 신발장 뒤에 풀이 죽어서 서 있는 것을 발견했습니다. "같이 가자, 우산 빌려줄게."라고 말한 뒤 망설이는 다케이치의 손을 잡고 함께 빗속을 달려 집에 도착하자마자 아줌마한테 우리둘의 외투를 말려달라고 부탁하고 다케이치를 2층에 있는 제 방으로 끌어들이는 데 성공했습니다.

그 집에는 쉰이 넘은 작은 몸집의 아줌마와 서른 정도 나이에 안경을 쓰고 병약해 보이는 키가 큰 언니(한 번 시집갔다가 친정에 돌아와 있는 사람이었습니다. 저는 이 사람을 이 집 식구들처럼 언니라고 불렀습니다), 그리고 언니와 달리 키가 작고 얼굴이 둥근, 여학교를 갓 졸업한 세쓰코라는 여동생, 이렇게 셋뿐이었습니다. 아래층에 있는 가게에 문방구랑 운동용품 등을 약간 늘어놓고 팔고 있었습니다만, 주수입원은 돌아가신 이

집의 가장이 살아생전에 지어서 남겨놓고 간 대여섯 채 되는 작은 셋집에서 나오는 집세인 듯했습니다.

"귀 아파."

다케이치가 선 채로 그렇게 말했습니다.

"비를 맞았더니 귀가 아파."

제가 들여다보니 양쪽 귀가 심하게 곪아서 고름이 금방이라도 귀 밖으로 흘러나올 것 같았습니다.

"이거 안 되겠다. 아프지?"

저는 과장되게 놀란 척했습니다.

"빗속으로 끌어내서 미안해."

여자 같은 말투로 '다정하게' 사과하고 나서 아래층에 내려가 솜과 알코올을 가지고 와서 다케이치를 제 무릎에 눕히고 꼼꼼하게 귀를 닦아주었습니다. 다케이치도 저의 그런 행동이 위선에 찬 계략이라고는 눈치채지 못한 듯 제 무릎에 누운 채 "틀림없이 여자들이 너한테 홀딱 빠질 거야."라고 무식한 아부를 할 정도였습니다.

그 말이 다케이치 자신도 의식하지 못할 정도로 악마의 끔찍한 예언 같은 것이었음을 저는 나중에야 절감했습니다. 내가 반하건 상대가 반하건 그 말은 무척이나 천박하고 경망스러우며 우쭐한 느낌을 주어서, 소위 아무리 '엄숙'한 장소라도 이 말이 불쑥 얼굴을 내밀면 우울의 대가람이 붕괴해서 그저 밋밋해져버리는 것처럼 느껴집니다. 그러나 '여자들에게 인기가 많은 괴로움' 따위의 속된 표현이 아니라 '사랑받는 불안' 같은 문학적 표현을 쓰면 반드시 우울의 가람이 붕괴하는 일만은 없는 듯하니 참으로 기묘합니다.

제가 귀의 고름을 닦아주자 다케이치는 장차 너한테 여자들이 홀딱 빠질 거야, 라는 바보 같은 아부를 했고 그때 저는 얼굴이 빨개져서 웃기만 하고 아무 말도 하지 못했습니다만, 사실은 어렴풋이 짚이는 데가 있었습니다. '여자들이 홀딱 빠질 거야.'와 같은 천박한 말이 자아내는 우쭐한 분위기에 대해 듣고 보니 짚이는 바가 있었다고 쓰는 것은 만담에 등장하는 덜떨어진 도련님의 대사조차 못 되는 어리석은 감회를 나타내는 것 같지만 제가 그런 경망스럽고 우쭐한 기분에서 '짚이는 데가 있었다.'고 한 것은 아닙니다.

저에게는 같은 인간인데도 여성이 남성보다 몇 배나 더 이해하기 어려운 존재였습니다.

제 가족 중에는 여자가 남자보다 더 많았고, 친척 중에도 계집애가 더 많았으며 예의 '범죄'를 저지른 하녀도 있었기에 저는 어렸을 때부터 여자들하고만 놀면서 컸다고 해도 과언이 아닙니다만, 정말이지 저는 살얼음판을 걷는 심경으로 여자들을 대해왔던 것입니다.

거의, 아니, 전혀 짐작할 수 없었습니다. 그야말로 오리무중. 그러다 가끔 호랑이 꼬리를 밟는 듯한 실수를 저질러서 심한 상처를 입기도 했는데, 그게 또 남자들한테서 매질을 당한 것과는 달라서 내출혈처럼 몹시 불쾌하게 속을 곪게 하는, 좀처럼 치유가 되지 않는 상처였던 것입니다.

여자는 자기가 먼저 유혹하고는 내치고, 또 남이 있는 곳에서는 저를 경멸하고 함부로 대하다가도 아무도 없으면 꼭 끌어안았습니다. 여자는 죽은 것처럼 깊이 잠이 들었는데, 잠자기 위해 사는 것이 아닐까 싶었습니다. 그 밖에도 저는 일찌감치 어릴 때부터 여자에 대한 갖가지 관찰을 해왔습니다만, 같은 인류 같으면서도 남자하고는 전혀 다른 생물처럼 느껴졌습니다.

그런데 또 이 불가해하고 마음을 놓을 수 없는 생물들이 기묘하게도 저를 보살피고 싶어 한다는 것이었습니다. "너한테 반했어."라는 말이나 "좋아해." 따위의 말은 저한테 전혀 어울리지 않고, '보살핌을 받는다.'고 하는 편이 실상을 설명하는 데 좀 더 적합할지 모르겠습니다.

여자는 남자보다 익살에 너그러운 것 같았습니다. 제가 익살을 떨면 남자들은 낄낄거리고 웃다가도 그것이 오래가지 않았습니다. 저도 남자들을 상대로 너무 신명나게 익살을 떨다가는 실패한다는 사실을 알고 있었기에 반드시 적당한 선에서 그만두려고 조심했습니다. 그러나 여자는 '적당'이라는 것이 무엇인지 모르는 생물인지 저한테 끊임없이 익살을 떨라고 요구했고, 저는 그 끝을 모르는 앙코르 요청에 응하느라 녹초가 되었습니다. 정말 유쾌하게 웃었습니다. 대체로 여자가 남자보다 쾌락에 훨씬 더 탐욕스러운 것 같았습니다.

제가 중학교 시절에 신세를 진 그 집의 언니와 여동생도 틈만 나면 2층의 제 방에 올라왔고, 그때마다 저는 가슴이 덜컥 내려앉을 정도로 놀라면서 두려움에 떨었습니다.

"공부해?"

"아니요."

저는 미소를 지으며 책을 덮었습니다.

"오늘 학교에서 말이죠, 막대기라는 지리 선생님이 말이죠."

제 입에서 술술 흘러나오는 것은 마음에도 없는 우스갯소리였습니다.

"요조야, 안경 좀 써봐."

어느 날 밤 여동생 세쓰코가 언니와 함께 제 방에 놀러와서는 저에게 실컷 익살을 떨게 하더니 느닷없이 그렇게 말했습니다.

"왜?"

"하여튼 써봐. 언니 안경을 빌려서."

언제나 이렇게 무례하게 명령조로 말했습니다. 익살꾼은 순순히 언니의 안경을 썼습니다. 그 순간 두 아가씨는 배를 잡고 웃었습니다.

"똑 닮았어. 로이드하고 완전 똑같아."

당시 헤럴드 로이드인가 하는 외국 영화의 희극 배우가 일본에서 인기를 끌었습니다. 저는 일어서서 한 손을 들고 "여러분." 하고 말한 뒤 "이번에 일본의 팬 여러분께……."라고 즉석에서 무대 인사를 해 보여 실컷 웃기고 나서 로이드의 영화가 극장에서 상영될 때마다 보러 가서는 몰래 그의 표정 같은 것을 연구했습니다.

또 어느 가을밤, 제가 누워서 책을 읽고 있으려니까 언니가 새처럼 날쌔게 방에 들어오더니 갑자기 제 이불 위에 쓰러져 우는 것이었습니다.

"요조가 날 도와줄 거지? 그렇지? 이런 집에선 함께 나가 버리는 게 낫겠어. 나 좀 도와줘. 응? 도와줘."

이렇게 과격하게 말하고는 또 우는 것이었습니다. 하지만 저는 여자가 그런 행동을 하는 걸 처음 보는 것이 아니었기에 언니의 과격한 말에도 그다지 놀라지 않았습니다. 오히려 그 진부하고 이렇다 할 내용이 없는 것에 흥이 깨진 심정으로 살그머니 이불에서 빠져나와 책상 위의 감을 깎아서 한 조각을 언니한테 건네주었습니다. 그러자 언니는 훌쩍거리면서 그 감을 먹고는 말했습니다.

"뭐 재미있는 책 없니? 빌려줘."

저는 나쓰메 소세키의 《나는 고양이로소이다》라는 책을 책장에서 골라주었습니다.

"잘 먹었어."

언니는 부끄럽다는 듯 웃으면서 방에서 나갔습니다만, 언니뿐 아니라 여자들이 도대체 어떤 마음으로 사는지를 추측하는 일은 저한테는 지렁이의 생각을 탐색하는 것보다도 까다롭고 번거롭고 왠지 기분이 나쁜 일로 느껴졌습니다. 저는 다만 여자가 그런 식으로 갑자기 울 때는 단것을 주면 기분이 나아진다는 사실만을 어렸을 때부터 경험으로 알고 있었던 것입니다.

또 여동생 세쓰코는 친구들을 제 방으로 데리고 와서는 여느 때처럼 제가 모두를 공평하게 웃긴 뒤에 친구들이 돌아가고 나면 언제나 그 친구들의 험담을 하곤 했습니다. 꼭 "걔는 불량소녀니까 조심해."라는 식으로 말했습니다. 그럼 일부러 데리고 오지 않으면 될 텐데. 덕분에 제 방에 오는 손님은 거의 전부 여자가 되어버렸습니다.

그렇지만 그것은 아직 다케이치가 전에 아부했던 '홀딱 빠질 거야.'라는 말이 실현된 것은 아니었습니다. 즉, 저는 일본 동북 지방의 헤럴드 로이드에 지나지 않았던 것입니다. 다케이치의 무지한 아부가 역겨운 예언으로, 생생하고도 불길한 형태로, 나타나게 된 것은 그러고 나서도 몇 년이 더 지난 뒤였습니다.

다케이치는 저한테 중요한 선물을 또 하나 주었습니다.

"도깨비 그림이야."

언젠가 다케이치가 저의 2층 방으로 놀러와서 한 장의 원색판 삽화를 득의양양하게 보여주면서 그렇게 설명했습니다.

'뭐?'

저는 어이가 없었습니다. 훗날, 그 순간에 저의 갈 길이 정해진 것이 아닐까 하는 생각이 자꾸 들었습니다. 저는 알고 있었습니다. 그 그림이 고흐의 자화상이라는 사실을. 우리가 소년이었던 당시의 일본에서는 프랑스 인상파의 그림이 대유행이어서 서양화 감상의 첫걸음은 대체로 거기서부터 시작되었고 고흐, 고갱, 세잔, 르누아르 같은 사람들의 그림은 시골 중학생이라 하더라도 대개 사진으로 보아서 알고 있었던 것입니다. 저도 고흐의 원색판 화집을 꽤 많이 보았고 그 재미있는 화법, 선명한 색채에 흥취를 느끼고는 있었지만 도깨비 그림이라고는 단 한 번도 생각한 적이 없었습니다.

"그럼, 이런 건 어떨까? 역시 도깨비일까?"

저는 책장에서 모딜리아니의 화집을 꺼내 햇볕에 탄 구릿빛 피부의 나체화를 다케이치에게 보여주었습니다.

"끝내주는데?"

다케이치는 눈을 휘둥그레 뜨고 감탄했습니다.

"지옥의 말 같아."

"역시 도깨비냐?"

"나도 이런 도깨비 그림을 그리고 싶어."

인간을 너무 두려워하는 사람들이 오히려 더 무시무시한 요괴를 자기 눈으로 확실히 보고 싶어 하는 심리. 신경질적이고 쉽게 겁을 먹는 사람일수록 폭풍우가 더 세게 몰아치기를 바라는 심리. 아아, 이 일군의 화가들은 인간이라는 도깨비에게 상처를 입고 위협을 받은 끝에 환영을 믿게 되었고, 한낮의 자연 속에서 생생하게 요괴를 본 것이다. 그리고 그들은 그것을 익살 따위로 얼버무리지 않고 본 그대로 표현하려고 노력한 것이다. 다케이치가 말한 것처럼 과감하게

'도깨비 그림'을 그린 것이다. 여기에 미래의 내 동료가 있다고 생각한 저는 눈물이 날 정도로 흥분해서 "나도 그릴 거야. 도깨비 그림을 그릴 거야. 지옥의 말을 그릴 거야."라고 왠지 모르지만 목소리를 잔뜩 죽여가며 다케이치에게 말했습니다.

저는 소학교 때부터 그림이라면 그리는 것도, 보는 것도 좋아했습니다. 그렇지만 제가 그린 그림은 제 작문만큼 주위의 평판이 좋지는 않았습니다.

저는 본시 인간의 말을 전혀 신뢰하지 않았기 때문에 작문 같은 것은 저한테 그저 익살꾼의 인사말 같은 것이어서 소학교, 중학교 때까지 계속해서 선생님들을 좋아서 미쳐 날뛰게 했습니다만, 저 자신은 전혀 재미를 느끼지 못했습니다.

그러나 그림만은, 만화 같은 것은 별도입니다만, 유치한 자기류이긴 해도 대상을 표현하느라 나름대로 다소 고심했던 것입니다. 그런데 미술 시간에 교본으로 쓰는 그림은 시시했고 선생님의 그림도 형편없어서, 저는 완전히 엉터리로 다양한 표현 기법을 혼자 연구하고 시험해보지 않으면 안 되었습니다.

중학교 때 저는 유화 도구도 한 벌 갖고 있었지만, 인상파

화풍을 추구하며 그려봐도 제가 그린 그림은 마치 일본의 전통 종이 공예처럼 밋밋한 게 전혀 생각대로 될 것 같지 않았습니다. 그런데 다케이치의 말을 듣고 그때까지 그림에 대한 제 마음가짐이 완전히 잘못된 것이었음을 깨달았습니다.

아름답다고 느낀 것을 그저 아름답게만 표현하려고 애쓰는 안이함과 어리석음. 대가들은 아무것도 아닌 것을 주관에 의해 아름답게 창조하거나 추악한 것에 구토를 느끼면서도 그에 대한 흥미를 감추지 않고 표현하는 희열에 젖어 있다, 즉 남이 어떻게 생각하든 조금도 상관하지 않는다는 화법의 원초적인 비법을 다케이치한테서 전수받은 저는 예의 여자 손님들 몰래 조금씩 자화상을 그리기 시작했습니다.

제가 봐도 흠칫할 정도로 음산한 그림이 완성되었습니다. 그러나 이것이야말로 가슴속에 꼭꼭 숨기고 있던 내 정체다, 겉으로는 밝게 웃으며 남들을 웃기고 있지만 사실 나는 이렇게 음산한 마음을 품고 있다, 어쩔 수 없지, 하고 혼자 인정하고는 그 그림을 다케이치 외에는 아무한테도 보여주지 않았습니다.

저의 익살의 밑바닥에 있는 음산함을 간파당하여 갑작스레 경계를 받게 되는 것도 싫었고, 어쩌면 이것이 내 정체인 줄 모르고 또 다른 취향의 익살로 간주되어 웃음거리가 될지 모른다는 의구심도 일었기 때문입니다. 만일 그렇게 된다면 그건 그 어떤 것보다도 가슴 아픈 일이 될 것이기에 그 그림은 즉시 이불장 깊숙이 넣어두었습니다.

그리고 미술 시간에도 그 '도깨비식 화법'은 숨긴 채 그때까지 하던 대로 아름다운 것을 아름답게 그리는 평범한 터치로 그림을 그렸습니다.

저는 다케이치한테만은 전부터 상처 입기 쉬운 저의 내면을 아무렇지도 않게 보여왔기 때문에 이번 자화상도 다케이치한테는 마음놓고 보여주어서 큰 칭찬을 들었고, 잇따라 도깨비 그림을 두 장, 석 장 계속 그려서 다케이치한테서 "너는 위대한 화가가 될 거야."라는 또 하나의 예언을 듣게 되었습니다.

여자가 홀딱 빠질 거라는 예언과 위대한 화가가 될 거라는 예언, 이 두 가지 예언을 바보 다케이치에 의해 이마에 새기고 저는 이윽고 도쿄로 상경했습니다.

저는 미술 학교에 들어가고 싶었지만 아버지는 전부터 저를 고등학교에 넣어서 장차 관리로 만들 생각이셨고, 저한테도 그 의견을 분명히 밝히셨기에 저는 말대꾸라곤 한마디도 하지 못하고 멀거니 그 말씀에 따랐습니다.

4학년이 되자 입시를 쳐보라는 아버지의 권유에 저 역시 벚꽃과 바다의 중학교에 어지간히 싫증이 나 있던 참이라 4학년을 수료한 뒤 5학년으로 진급하지 않고 도쿄의 고등학교에 시험을 쳐서 합격하고 바로 기숙사 생활을 시작했습니다.

그러나 기숙사의 불결함과 폭력적인 분위기에 질려서 익살은커녕 의사에게 폐침윤이라는 진단을 받고 기숙사에서 나와 우에노의 사쿠라기초에 있는 아버지의 별장으로 옮겼습니다.

저한테는 단체 생활이라는 것이 아무래도 불가능한 것 같았습니다. 또 '청춘의 감격'이라느니 '젊은이의 긍지' 따위의 말은 듣기만 해도 닭살이 돋았고, 이른바 '고등학교의 정신'이라는 것은 따라갈 수가 없었던 것입니다. 교실도 기숙사도 비뚤어진 성욕의 쓰레기장으로 느껴졌으며, 저의 완벽에 가까운 익살도 그곳에선 아무 도움이 되지 않았습니다.

아버지는 의회가 열리지 않을 때는 한 달에 일주일 내지 이주일만 그 집에 묵으셨기 때문에 아버지가 계시지 않을 때는 꽤 넓은 그 집에 별장지기 노부부와 저, 이렇게 셋뿐이어서 저는 은근슬쩍 학교를 빼먹곤 했습니다. 그렇다고 도쿄 구경 같은 걸 할 마음도 없어서 집에서 온종일 책을 읽거나 그림을 그리며 보냈습니다. 저는 끝내 메이지 신궁明治神宮도, 구스노키 마사시게의 동상도, 센가쿠지泉岳寺 47의사義

土의 무덤에도 가보지 않았습니다.

아버지가 상경하시면 매일 아침 서둘러 등교했습니다만, 사실은 혼고本鄕의 센다기초千駄木町에 있는 서양화가 야스타 신타로 선생의 화방에 가서 세 시간이고 네 시간이고 데생 연습을 한 적도 있었습니다. 기숙사에서 나오고 나니까 학교에 가도 제가 마치 청강생 같은 특별한 위치에 있는 듯해서, 제 자격지심이었는지도 모르겠습니다만, 뭐랄까 저 스스로 흥미를 잃게 되어 학교에 가는 것이 점점 내키지 않게 되었던 것입니다.

저는 끝내 애교심이라는 것을 이해하지 못한 채 소학교, 중학교, 고등학교를 마치고 말았습니다. 교가 같은 것도 한 번도 외우려고 한 적이 없었습니다.

이윽고 저는 화방에서 어떤 미술 학도로부터 술과 담배와 매춘부와 전당포와 좌익 사상을 배우게 되었습니다. 묘한 조합입니다만 사실이었습니다.

그 미술 학도는 호리키 마사오라고 하며 도쿄의 시타마치下町(도쿄의 저지대를 이르는 말로 주로 상업 지역이다―옮긴이)에서 태어났고 저보다 여섯 살이 많았습니다. 사립 미술 학교를 졸업한 뒤 집에 아틀리에가 없어서 화방에 다니면서 서양화 공부를 계속하고 있다고 했습니다.

"5엔만 빌려줄 수 없을까?"

그냥 서로 얼굴만 아는 사이였고 그때까지 말 한마디 나눈 적도 없었습니다. 저는 당황해서 어쩔 줄 몰라 하며 5엔을 내밀었습니다.

"좋아, 마시자. 오늘은 내가 너한테 한턱 쏘는 거다. 착한 꼬마로군."

차마 거절하지 못하고 화방에서 가까운 호라이초蓬萊町의 카페로 끌려간 것이 그와의 교우 관계의 시작이었습니다.

"전부터 널 주시하고 있었어. 그래, 바로 그거야. 그 수줍어하는 듯한 미소. 그것이 장래성 있는 예술가 특유의 표정이지. 자, 우리의 교제를 기념하며 건배! 기누 씨, 이 녀석 미남이지? 그렇다고 반하지는 말고. 이 녀석 덕분에 유감스럽게도 난 화방에서 두 번째 미남이 되고 말았어."

가무잡잡하고 단정한 얼굴의 호리키는 미술 학도로는 드물게 말쑥한 양복 차림에 넥타이 취향도 수수하고, 머리카락은 포마드를 발라 찰싹 붙이고 가운데 가르마를 타고 있었습니다.

저는 익숙하지 않은 장소이기도 한 데다 그저 겁이 나서 팔짱을 끼었다 풀었다 하며 말 그대로 수줍어하는 듯한 미소만 띠고 있었습니다만, 맥주를 두세 잔 마시는 동안 묘하게 해방된 듯한 홀가분함을 느끼기 시작했습니다.

"난 미술 학교에 들어갈 생각인데……."

"아냐, 재미없어. 그런 덴 재미없다고. 학교는 재미없는 데야. 우리의 스승은 자연 속에 있다고! 자연에 대한 파토스 pathos(그리스어. 강렬한 정열, 격정, 정념―옮긴이)!"

그러나 저는 그의 말에 도통 경의를 느끼지 못했습니다. 바보군, 그림도 시원찮을 게 틀림없어, 하지만 놀기에는 괜찮은 상대일지도 모른다고 생각했습니다. 즉, 저는 그때 태어나서 처음으로 도회지의 진짜 망나니를 만난 것입니다.

그는 저와 형태는 달라도 인간의 삶에서 완전히 유리되어 갈피를 못 잡고 있다는 점에서는 분명히 저와 동류였습니다. 그가 의식하지 못한 채 익살을 떨고 있다는 것, 게다가 그 익살의 비참함을 전혀 깨닫지 못하고 있다는 것이 저하고는 본질적으로 다른 점이었습니다.

그냥 노는 것뿐이야, 놀이 상대로 사귀는 것뿐이야 하고 언제나 그를 경멸하고 때로는 그와의 교제를 부끄럽게 여기기까지 했으면서도, 같이 다니는 사이에 결국 저는 그에게 조차 당하고 말았습니다.

처음에는 그를 호인, 드물게 보는 호인이라고만 생각하고 그렇게 인간 공포증이 심한 저도 완전히 방심한 채 좋은 도쿄 안내인이 생긴 것쯤으로 생각했습니다.

사실 저는 혼자 전차를 타면 차장이 무섭고, 가부키 극장에 가고 싶어도 붉은 카펫이 깔린 정면 현관의 계단 양쪽에 죽 늘어서 있는 안내양들이 무섭고, 레스토랑에서는 등 뒤에 가만히 서서 접시가 비기를 기다리는 웨이터가 무섭고, 특히 돈을 치를 때 아아, 저의 그 어색한 손놀림을 견딜 수가 없었습니다.

저는 뭔가를 사고 나서 돈을 건넬 때면 인색해서가 아니라 너무 긴장하고 너무 부끄럽고 너무 불안하고 너무 두려워서 어질어질 현기증이 나고 세상이 캄캄해지고 거의 반쯤 미친 것처럼 되어서 값을 깎기는커녕 거스름돈을 받는 것도 잊어버릴 뿐만 아니라 산 물건을 가져오는 것조차 잊은 적도 종종 있었기 때문에 도저히 혼자서는 도쿄 거리를 다닐 수가 없었고, 그래서 어쩔 수 없이 온종일 집 안에서 빈둥거리며 시간을 보낸 속사정도 있었던 것입니다.

그런데 호리키한테 지갑을 맡기면 엄청나게 값을 잘 깎는 데다, 잘 놀 줄 안다고나 할까, 얼마 안 되는 돈으로 최대의 효과가 나게 돈을 썼으며, 비싼 택시는 멀리하고 전차, 버스, 증기선 등을 상황에 맞게 갈아타며 최단 시간에 목적지에 도착하는 수완도 보였습니다. 또 아침에 매춘부한테서 돌아올 때면 무슨 무슨 요정에 들러 목욕을 하고 유도후湯豆腐(두부를 다시마 등으로 맛을 낸 따뜻한 국물에 데워서 먹는 일본의 대표적인 겨울 음식—옮긴이)에 가볍게 술 한잔하는 것이 몇 푼 들지 않으면서도 호사스러운 기분을 느끼게 해준다고 현장 교육도 해주었습니다.

그 외에도 포장마차의 소고기덮밥, 참새구이가 싸면서도 자양분이 풍부하다는 것을 설명해주었고, 덴키브란電氣ブラン(1880년에 개업한 일본 최초의 바인 도쿄의 카미야 바에서 판매하는 브랜디를 상품화한 것. 메이지 시대에 전기가 일본에 처음 들어와 사람들이 무척 놀라고 신기해했는데, 비슷한 시기에 유행한 브랜디의 전기처럼 톡 쏘는 맛이 일본의 전통주와는 다르다는 점에서 착안해 붙인 이름이다—옮긴이)만큼 술기운이 빨리 도는 것은 없다고 보증했습니다. 어쨌든 계산하는 일에 관해서는 저한테 일말의 불안이나 공포도 느끼게 한 적이 없었습니다.

호리키와 교제하면서 또 좋았던 점은 호리키가 상대방의 생각 따위는 개무시하고 소위 자신의 정열이 분출하는 대로, 혹은 그 정열이 상대방의 입장을 무시하는 것인지도 모르지만, 온종일 시시껄렁한 얘기를 계속 지껄여대서 둘이 걷다가 지쳐도 어색한 침묵에 빠지게 될 염려가 전혀 없다는 사실이었습니다. 사람을 만날 때면 끔찍한 침묵이 내려앉을 것을 경계하느라 원래는 입이 무거운 제가 죽기 살기로 익살을 떨었지만, 이제는 호리키 이 바보가 무의식적으로 익살꾼 역할을 자진해서 대신해주었기 때문에 저는 대답도 제대로 하지 않고 그저 흘려들으면서 이따금 "설마." 따위로 맞장구를 치며 웃기만 하면 되었던 것입니다.

술, 담배, 매춘부, 그런 것들이 인간에 대한 공포를 잠시나마 잊게 해주는 상당히 괜찮은 수단이라는 사실을 저도 이윽고 알게 되었습니다. 그런 수단들을 구하기 위해서라면 제가 가진 모든 것을 팔아치워도 후회하지 않을 것 같은 마음까지 들었습니다.

저한테 매춘부라는 것은 인간도 여성도 아닌 백치나 미치광이처럼 느껴져서 그 품 안에서는 오히려 완전히 마음을 놓고 푹 잘 수 있었습니다. 그들 모두가 서글플 만큼, 정말이지 티끌만큼도 욕심이라는 것이 없었습니다. 그리고 저에게서 동류로서의 친근감 같은 것을 느끼는지, 저는 언제나 매춘부들로부터 부담스럽지 않을 정도의 자연스러운 호의를 받았습니다. 아무런 타산도 없는 호의, 강요하지 않는 호의, 두 번 다시 오지 않을지도 모르는 사람에 대한 호의. 저는 백치 아니면 미치광이 같은 그 매춘부들한테서 마리아의 후광을 실제로 본 적도 있습니다.

그러나 제가 인간에 대한 공포에서 도망쳐 초라한 하룻밤의 안식을 찾아 그야말로 저와 '동류'인 매춘부들하고 어울리는 동안, 어느 틈엔지 저도 의식하지 못하는 사이에 일종의 역겨운 분위기가 제 주변에서 늘 풍기게 된 모양입니다. 그것은 저도 전혀 예상하지 못했던 소위 '부록'이었습니다만 그 부록은 점차 선명하게 표면으로 떠올랐고, 저는 호리키한테서 그것을 지적받고는 아연실색하고 불쾌해졌습니다.

속된 말로 저는 매춘부로 여자 수행을 쌓았고, 거기다가 최근에는 여자 다루는 솜씨가 눈에 띄게 좋아졌던 것입니다. 여자 수행은 매춘부한테서 쌓는 것이 제일 엄격하고 효과도 있다고 하던데, 이미 저한테는 '여자를 잘 다루는 도사'의 냄새가 배어버려서 매춘부뿐만 아니라 모든 여자가 본능적으로 그 냄새를 맡고 접근하는, 추잡하고도 불명예스러운 분위기가 몸에 배어들었고 그런 점이 제가 매춘부들에게서 얻은 정신적 휴양 따위보다 훨씬 더 두드러지게 눈에 띄었나 봅니다.

호리키는 반은 빈말로 그 말을 한 것이겠지만 슬프게도 저 또한 짚이는 바가 있었습니다. 예컨대 다방 여급한테서 유치한 편지를 받은 기억도 있고, 사쿠라기초의 이웃집 장군 댁의 스무 살쯤 되는 딸은 매일 아침 제가 등교하는 시간에 별로 볼일도 없는 것 같은데 옅은 화장을 하고 자기 집 문을 들락거리기도 하고, 소고기를 먹으러 가면 제가 잠자코 있어도 그 집 여종업원이…… 또 단골 담배 가겟집 딸이 건네준 담뱃갑 안에서…… 또 가부키를 보러 가면 옆자리에 앉았던 여자한테서…… 또 한밤중에 취해서 전차에서 자다가…… 또 생각지도 않았던 고향의 친척 집 딸한테서 애절한 편지가 오고…… 또 누군지 알 수 없는 아가씨가 제가 집을 비운 사이에 손수 만든 듯한 인형을 놓고 가기도 했습니다.

제가 극도로 소극적이었기 때문에 모든 것이 거기서 끝나고 그 이상의 진전은 전혀 없었습니다만, 뭔가 여자들에게 꿈을 꾸게 만드는 분위기가 저의 어딘가에 달라붙어 있다는 것은 여자들과의 섹스 자랑이니 뭐니 하는 시답잖은 농담이 아닌 부정할 수 없는 사실이었던 것입니다.

저는 호리키 같은 놈한테서 그것을 지적받고 굴욕 비슷한 씁쓸함을 느낌과 동시에 매춘부들과 노는 일에도 단박에 흥미를 잃었습니다.

호리키는 최신 유행을 좇는 그런 허세(호리키의 경우 저는 지금도 이것 외의 다른 이유는 떠올릴 수가 없습니다)에 더해 어느 날 저를 공산주의 독서회(R·S라고 했던 것 같은데 기억이 분명치 않습니다)라는 비밀 연구회에 데리고 갔습니다. 호리키 같은 인물에게는 공산주의 비밀 모임도 예의 '도쿄 안내' 가운데 하나에 지나지 않았는지도 모릅니다.

저는 소위 '동지'들한테 소개되었고, 팸플릿을 한 부 사게 되었고, 상석에 있던 퍽 못생긴 청년한테서 마르크스 경제학에 대한 강의를 들었습니다. 그러나 저한테는 그 얘기가 너무나 당연하고 빤한 얘기로 느껴졌습니다. 그건, 분명히 그렇겠지만, 인간의 마음에는 영문을 알 수 없는 더 끔찍한 것이 있다. 욕심이라는 말로도 부족하고, 허영심이라는 말로도 부족하고, 색色과 욕慾, 이 두 개를 나란히 늘어놓고 보아도 부족한, 저로서도 그것이 무엇인지 알 수 없지만, 인간 세상의 밑바닥에는 경제만이 아닌 묘하게 괴담 비슷한 것이 있는 것처럼 느껴지고, 그 괴담에 잔뜩 겁먹은 저는 소위 유물론이라는 것을 물 흐르듯 자연스럽게 수긍하면서도 그것을 통해 인간에 대한 공포에서 해방되거나 새싹을 보고 희망의 기쁨을 느끼거나 할 수는 없었던 것입니다.

하지만 저는 한 번도 빠지지 않고 그 R·S(라고 했던 것으로 기억합니다만 아닌지도 모릅니다)라는 곳에 출석했고, '동지'들이 무슨 중대한 일이라도 되는 것처럼 잔뜩 긴장한 얼굴로 '1 더하기 1은 2'와 같은, 거의 초등 산술 수준의 이론 연구에 몰두하는 것이 우스꽝스러워서 예의 익살로 모임의 긴장감을 풀어주려고 애썼습니다. 그 덕분인지 점차 연구회의 무거운 분위기가 풀어져서 제가 그 모임에 없어서는 안 되는 인기 있는 존재가 된 듯했습니다.

그 단순해 보이는 사람들은 저를 자기들처럼 단순하고 낙천적인 익살꾼 동지쯤으로 생각했는지도 모릅니다. 만일 그렇다면 저는 그 사람들을 하나부터 열까지 완벽히 속이고 있었던 것입니다. 저는 동지가 아니었으니까요. 그래도 그 모임에 빠지지 않고 꼬박꼬박 출석해서 모두에게 익살을 서비스했습니다.

좋아했기 때문입니다. 그 사람들이 마음에 들었기 때문입니다. 그러나 반드시 마르크스로 맺어진 친밀감 때문만은 아니었습니다.

비합법. 저는 그것을 어렴풋하게나마 즐겼던 것입니다. 오히려 마음이 편했습니다. 이 세상의 합법이라는 것이 오히려 두려웠고(그것에서는 한없는 강인함이 느껴졌습니다), 그 메커니즘이 불가해해서, 창문도 없고 뼛속까지 냉기가 스며드는 그 방에 도저히 앉아 있을 수가 없어서, 바깥이 비합법의 바다라 해도 거기에 뛰어들어 헤엄치다 죽음에 이르는 편이 저한테는 오히려 마음이 편했던 것 같습니다.

'음지의 사람'이라는 말이 있습니다. 인간 세상에서는 비참한 패배자 또는 악덕한 자를 지칭하는 말 같습니다만, 저는 태어날 때부터 음지의 존재였던 것 같은 생각이 들어서 이 세상에서 떳떳하지 못한 놈으로 손가락질당하는 사람들을 만나면 언제나 다정한 마음이 되곤 했습니다. 그리고 저의 그 '다정한 마음'은 저 자신도 황홀해질 정도로 다정한 마음이었습니다.

또 '범인犯人 의식'이라는 말도 있습니다. 저는 이 인간 세상에서 평생 그 범인 의식으로 괴로워하겠지만 그것은 조강지처 같은 나의 훌륭한 반려자니까 그 녀석하고 둘이 쓸쓸하게 노니는 것도 제가 살아가는 자세 중 하나였는지도 모릅니다.

또 속된 말로 '종아리에 상처가 있는 사람(뒤가 켕기다, 양심에 가책을 느낀다는 뜻의 일본 관용구―옮긴이)'이라는 말도 있는 것 같습니다만, 그 상처는 제가 아기였을 때부터 저절로 한쪽 정강이에 생긴 것이 크면서 치유되기는커녕 점점 더 깊어지기만 해서 뼈에까지 닿아 밤마다 겪는 고통이 변화무쌍한 지옥이었습니다. 그러나, 이것은 퍽 기묘한 표현입니다만, 그 상처가 점차 혈육보다 더 정답게 느껴지고 그 상처의 통증은 살아 있다는 감각, 또는 사랑의 속삭임으로까지 느껴졌던 저라는 남자에게 예의 지하 운동 그룹의 분위기는 묘하게 마음이 놓이고 편안했습니다.

즉, 운동 본래의 목적보다 그 운동의 기질이 저한테 잘 맞았던 것입니다.

호리키의 경우는 그저 멍텅구리의 눈요기 같은 것이어서 저를 소개하기 위해 딱 한 번 그 모임에 갔을 뿐, 마르크스주의자에게는 생산 면의 연구와 함께 소비 면의 시찰도 필요하다는 둥 설익은 흰소리나 지껄여대면서 그 모임에는 참여하지 않았고 저를 그 소비 면의 시찰 쪽으로만 끌고 다니고 싶어 했습니다.

지금 생각해보면 당시에는 다양한 형태의 마르크스주의자가 있었던 것 같습니다. 호리키처럼 허영의 모더니티 modernity(현재의 특수성에 대한 고조된 감수성, 미래의 새로움에 대한 기대와 믿음 등을 의미하는 용어―옮긴이)에서 마르크스주의자로 자칭하는 자도 있었고, 또 저처럼 그저 비합법적인 분위기가 마음에 들어서 거기 눌러앉은 자도 있었습니다. 만일 진짜 마르크스주의 신봉자가 이런 실체를 간파했더라면 호리키도 저도 불같이 야단을 맞고 비열한 배신자로 낙인이 찍혀서 즉각 쫓겨났을 것입니다.

그러나 저도 호리키도 좀처럼 제명 처분을 당하지 않았으며, 특히나 저는 합법적인 세계에 있을 때보다 그 비합법적 세계에서 오히려 더 자유롭게, 소위 '건강'하게 행동할 수 있었기 때문에 장래성 있는 동지로서 픽 하고 웃음이 날 만큼 과장되고 비밀스레 다루어지던 갖가지 임무를 떠맡게 되었습니다.

또 실제로 저는 그런 임무를 한 번도 거절하지 않고 뭐든지 태연하게 떠맡았고 쓸데없이 긴장해서 개(동지들은 경찰을 그렇게 불렀습니다)한테 의심을 사거나 불심검문을 당해서 실패하거나 하는 일 없이 웃으면서, 또 남들을 웃기면서 그들이 위험하다고(그 운동에 가담한 패거리들이 큰일이나 되는 것처럼 긴장하고 탐정 소설의 어설픈 흉내까지 내며 극도로 경계하면서 저한테 부탁하는 일이란 정말이지 어이가 없을 정도로 시시한 것이었습니다만, 그래도 그들은 엄청 위험하다는 듯 잔뜩 힘이 들어가 있었습니다) 부르는 일들을 확실하게 해치웠습니다.

그 당시 저는 당원이 되고 체포되어서 평생을 교도소에서 썩게 된다 해도 상관없었습니다. 이 세상 인간들의 '삶'이라는 것을 두려워하고 매일 밤 잠을 못 이루며 지옥에서 신음하기보다는 오히려 감옥 쪽이 편할지도 모른다고까지 생각하고 있었습니다.

사쿠라기초의 별장에서 아버지는 손님이다 외출이다 해서 같은 집에 살아도 사흘이고 나흘이고 얼굴을 마주칠 일이 없을 정도였습니다. 그래도 어쩐지 아버지가 어렵고 무

서워서 이 집에서 나가 어딘가에서 하숙이라도 했으면 하고
생각하면서도 그 말을 꺼내지 못하고 있던 참에, 아버지가
그 집을 팔 생각인 것 같다는 얘기를 별장지기 할아범한테
서 들었습니다.

아버지의 의원 임기도 슬슬 만료되어가고 여러 가지 이유
가 있었던 것이 틀림없습니다만, 이제 더는 선거에 나갈 의
지도 없는 듯했고 고향에 은거할 집도 지어놓은 터여서 도
쿄에 더는 미련이 없으신 것 같았습니다. 그렇다고 겨우 고
등학생에 불과한 저를 위해 저택과 하인을 남겨두는 것도
낭비라고 생각하셨는지, 아버지의 마음 또한 다른 사람들의
마음처럼 저로서는 잘 모르겠습니다만, 어쨌든 그 집은 얼
마 뒤 남의 손에 넘어갔고, 저는 혼고의 모리카와초森川町에
있는 선유관仙遊館이라는 낡은 하숙집의 어두컴컴한 방으로
이사해 금방 돈에 쪼들리기 시작했습니다.

그때까지는 아버지한테서 매달 정해진 액수의 용돈을 받
아왔고, 그 돈은 이삼일 안에 금방 없어졌지만, 담배든 술이
든 치즈든 과일이든 늘 집에 있었고, 책과 문방구, 옷 등은 근
처에 있는 가게에서 언제나 외상으로 살 수 있었습니다. 아
버지가 단골이셨던 동네 식당에서는 호리키한테 메밀국수
라든가 새우튀김 덮밥 같은 것을 사줘도 그냥 가게에서 나오

면 되었습니다.

그러다가 갑자기 하숙집에서 혼자 살게 되면서 모든 것을 다달이 받는 일정한 금액의 용돈으로 해결하지 않으면 안 되게 되자 저는 당황했습니다.

송금받은 용돈 역시 이삼일 사이에 바닥나 버렸고, 저는 덜컥 겁이 나고 불안해서 미칠 것 같아 아버지와 형, 누나들한테 번갈아가며 돈을 부탁하고 "자세한 얘기는 편지로 써 보내겠습니다."라는 전보를 연발했습니다. 그 편지에서 호소한 사정들은 하나같이 익살스러운 허구였습니다. 누군가에게 뭔가 부탁하려면 먼저 그 사람을 웃기는 것이 상책이라고 생각했던 것입니다.

한편으로는 또 호리키가 가르쳐준 전당포를 뻔질나게 드나들기 시작했지만 그래도 늘 돈에 쪼들렸습니다.

어차피 저한테는 아무런 연고도 없는 하숙집에서 혼자 '생활'해갈 능력이 없었던 것입니다. 저는 하숙방에서 혼자 가만히 있는 것이 끔찍했고 금방이라도 누군가가 갑자기 뛰어나와 일격을 가할 것 같아서 거리로 뛰쳐나가 예의 운동과 관련된 심부름을 하거나 호리키와 싸구려 술을 마시며 돌아다녔습니다. 그렇게 학업도 그림 공부도 거의 포기한 채 살다가 고등학교에 들어간 지 2년째 되던 해 11월, 연상의 유부녀와 정사情死 비슷한 사건을 일으켰습니다. 그리고 제 운명은 일변했습니다.

학교는 결석하고, 학과 공부도 전혀 하지 않았는데도, 희한하게 답을 찍는 요령이 좋았는지 그때까지는 그럭저럭 고향의 가족들을 속여 넘길 수 있었습니다. 그러나 슬슬 출석 일수 부족 등으로 학교 쪽에서 고향의 아버지한테 몰래 보고가 들어간 듯, 아버지를 대신해서 큰형이 준엄한 문장의 긴 편지를 저한테 보내왔습니다.

그러나 그보다도 저에게 직접 다가온 고통은 돈이 없다는 것과 예의 운동과 관련된 심부름이 놀이하는 기분으로는 도저히 할 수 없을 만큼 격해지고 바빠졌다는 것이었습니다. 저는 중앙 지구인지 무슨 지구인지, 어쨌든 혼고, 고이시카와小石川, 시타야下谷, 간다神田 일대에 있는 학교 전체의 마르크스주의 학생들의 행동대장이라는 것이 되어 있었습니다.

그런 다음 무장봉기를 한다는 말을 듣고는 작은 주머니칼(지금 생각하면 그것은 연필을 깎기에도 너무 약해 보이는 주머니칼이었습니다)을 사고 그것을 레인코트 주머니에 넣은 채 이리저리 뛰어다니면서 소위 '연락'을 했습니다.

술이나 마시고 푹 자고 싶었지만 돈이 없었습니다. 게다가 P(당을 이런 은어로 불렀던 것으로 기억합니다만 아닐지도 모릅니다) 쪽에서는 숨 돌릴 틈도 없이 잇따라 일거리가 날아와서 제 약한 몸으로는 도저히 감당할 수가 없는 지경에 이르렀습니다. 원래 비합법이라는 것에 대한 흥미에서 그 그룹의 심부름을 해온 데다 그야말로 농담으로 한 말이 사실이 된 것처럼 너무 바빠지자 속으로 P 사람들한테 "이거 번지수가 잘못된 거 아닙니까, 당신들의 직계한테 시키는 게 낫지 않겠어요?"라고 따지고 싶은 짜증스러운 감정을 품지 않을 수 없게 되었고, 결국 도망쳤습니다. 도망은 쳤지만 기분이 좋을 리 없었고, 그래서 죽기로 결심했습니다.

그 무렵 저한테는 특별한 호의를 보이던 여자가 셋 있었습니다. 한 사람은 제가 하숙하던 선유관의 딸이었습니다. 이 아가씨는 제가 예의 운동과 관련된 심부름 때문에 기진맥진해서 돌아와 밥도 먹지 않고 잠에 곯아떨어지면 꼭 편지지와 만년필을 들고 제 방에 들어와서는 "미안해요. 아래층에서는 여동생이랑 남동생이 시끄럽게 굴어서 차분하게 편지도 못 쓰거든요."라고 하면서 제 책상 앞에 앉아 뭔가를 한 시간 이상이나 끄적이는 것이었습니다.

모른 척하고 자면 될 텐데 그 아가씨에게 제가 뭔가 말해줬으면 하는 기색이 역력한 것 같아서 저는 예의 수동적인 봉사 정신을 발휘해서, 사실은 단 한마디도 하고 싶지 않은 기분이었지만, 녹초가 된 몸에 "으쌰!" 하고 기합을 넣고는 배를 깔고 엎드려 담배를 태우면서 말했습니다.

"여자들이 보내준 연애편지로 물을 데워서 목욕한 남자가 있다는군."

"어머나! 아이, 싫어. 당신은 아니죠?"

"우유를 데워 먹은 적은 있지."

"영광이네요. 많이 드세요."

이 사람 빨리 좀 안 가나. 편지라니, 속이 빤히 들여다보이는군. 헤헤노노모헤지へへののもへじ(일본어의 히라가나 일곱 글자 へへののもへじ를 이용해 얼굴 모양을 그리는 놀이―옮긴이)나 끄적이고 있을 게 뻔합니다.

"어디 좀 봐."

죽어도 보고 싶지 않은 마음으로 그렇게 말하면 "어머나, 싫어요, 싫어."라면서 좋아하는 꼴이라니. 정말이지 역겹고 그나마 있던 흥마저 싹 가셨습니다. 그래서 저는 심부름이라도 시키자고 생각하게 되었습니다.

"미안하지만 전찻길에 있는 약방에 가서 칼모틴(진통제, 수면제의 상표명―옮긴이) 좀 사다 줄래? 너무 피곤해서 얼굴이 후끈거리고 잠이 안 와서 말이야. 미안해, 돈은……."

"괜찮아요, 돈은."

기뻐하며 일어섭니다. 심부름을 시킨다는 것은 결코 여자를 하대하는 일이 아니라 오히려 남자에게 부탁을 받는다는 기쁨을 주는 일이라는 사실 또한 저는 이미 알고 있었던 것입니다.

또 한 사람은 여자 고등 사범학교의 문과생인 소위 '동지'였습니다. 이 사람하고는 예의 운동과 관련된 일 때문에 싫어도 매일 얼굴을 마주하지 않으면 안 되었습니다. 그녀는 회의가 끝난 뒤에도 언제까지나 저를 따라다니며 마구잡이로 저한테 이것저것 사주곤 했습니다.

"나를 진짜 누나라고 생각해도 돼."

같잖은 그녀의 말에 저는 닭살이 돋았습니다.

"그렇게 생각하고 있어요."

우수 어린 미소를 지으며 대답했습니다. 어쨌든 화나게 하면 무섭다, 어떻게든 얼버무려야 한다는 생각에 저는 그 추하고 역겨운 여자에게 점점 더 봉사하게 되었습니다. 그녀가 뭔가를 사주면 기쁜 표정을 지으며 농담을 해서 웃겨주었습니다. 그러나 그녀가 사주는 물건이라는 것이 정말이지 그녀의 악취미에서 나온 것들뿐이어서 저는 대개 그것을 참새구이 집 할아버지 같은 사람한테 바로 줘버렸습니다.

어느 여름밤 그녀가 도무지 떨어지려고 하지 않기에 그녀를 돌려보내겠다는 생각으로 거리의 어두운 곳에서 키스를 해줬더니, 천박하게도 미친 듯이 흥분해서는 자동차를 불러서 동지들이 운동을 위해 비밀리에 빌려둔 것으로 보이는 건물의 좁은 방으로 저를 끌고 가더니 아침까지 한바탕 난리굿을 떨었고, 저는 참 당찮은 누나로군 하고 몰래 쓴웃음을 지었습니다.

하숙집 딸이건 또 이 동지건 아무래도 매일 얼굴을 마주하지 않으면 안 되는 처지였기에 지금까지 만났던 다른 여자들처럼 적당히 피할 수가 없어서 예의 불안감 때문에 두 사람의 비위를 열심히 맞춘 것이 저에게 완전히 족쇄를 채워버린 꼴이 되었습니다.

그 무렵에 또 저는 긴자에 있는 큰 카페의 여급한테 뜻밖의 신세를 졌습니다. 겨우 한 번 만났을 뿐인데도 신세를 진 것이 마음에 걸려서 역시 옴짝달싹 못 할 만큼 걱정과 두려움에 휩싸여 있었습니다. 그때쯤에는 저도 구태여 호리키가 안내해주지 않아도 혼자 전차를 탈 수 있었고, 가부키 극장에도 갈 수 있었고, 가스리 기모노絣の着物(잔무늬가 있는 일본 옷―옮긴이)를 입고도 카페에 들어갈 수 있을 정도로 다소의 뻔뻔함을 가장할 수 있게 되었습니다.

마음속으로는 여전히 인간들의 자신감과 폭력성을 못 미더워하고 두려워하고 괴로워하면서도 겉으로는 조금씩 남들과 진지한 얼굴로 인사할 수 있게 되었습니다.

아니, 저는 역시 패배한 익살꾼의 괴로운 웃음을 수반하지 않고는 인사조차 하지 못하는 성격이었습니다만, 주로 금전 문제에 있어서 부자유스러워진 덕택에 정신없고 갈팡질팡하긴 해도 어쨌든 할 수 있는 만큼의 '기량'을, 예의 운동 때문에 뛰어다닌 덕택인지 아니면 여자 혹은 술 때문인지, 체득해가고 있었던 것입니다. 어디에 있어도 두려워서, 오히려 큰 카페에서 수많은 취객 혹은 여급들이나 보이들과 섞여 있으면 저의 끊임없이 쫓기는 듯한 마음도 진정되지 않을까 하고 10엔을 들고 긴자에 있는 큰 카페에 혼자 들어가 웃으면서 "10엔밖에 없으니까 알아서 해줘요."라고 여급한테 말했습니다.

"걱정 마세요."

말투에서 어딘지 간사이関西 지방(교토京都와 오사카大阪 지역을 아울러 부르는 명칭—옮긴이)의 사투리가 느껴졌습니다. 그리고 그 한마디가 부들부들 떨던 제 마음을 묘하게 진정시켜주었습니다. 아니, 돈 걱정이 없어졌기 때문이 아니었습니다. 그 사람 곁에 있으면 왠지 걱정이 사라진 것처럼 느껴졌습니다.

저는 술을 마셨습니다. 그 사람한테는 마음이 놓였기 때문에 익살 따위를 연기할 마음도 들지 않아서 저의 천성인

무뚝뚝하고 음산한 면모를 있는 그대로 드러내 보이면서 잠자코 술을 마셨습니다.

"이런 거 좋아하세요?"

여자는 갖가지 요리를 제 앞에 늘어놓았습니다. 저는 고개를 저었습니다.

"술만 마실 거예요? 나도 마실래."

가을의 추운 밤이었습니다. 저는 쓰네코(라고 한 것으로 기억합니다만 기억이 희미해서 분명하지는 않습니다. 함께 정사情死를 기도한 사람의 이름조차 잊어버리는 저입니다)에게 들은 대로 긴자銀座의 뒷골목에 있는 어느 포장마차 초밥집에서 정말로 맛없는 초밥을 먹으면서(그녀의 이름은 잊었지만, 그때 초밥이 맛이 없었다는 사실만은 어떻게 된 일인지 똑똑히 기억에 남아 있습니다. 그리고 구렁이 같은 얼굴의 까까머리 주인이 목을 흔들어가며 능숙한 척 속이면서 초밥을 쥐던 모습도 눈앞에 보이는 듯 선명하게 떠올라, 나중에 전차 같은 데서 어디서 본 얼굴인데 하며 이리저리 생각하다가 뭐야, 그때 그 초밥집 주인을 닮은 거구나 하고 쓴웃음을 지은 적도 여러 번 있을 정도입니다. 그녀의 이름과 얼굴 모습조차 기억에서 멀어진 지금도 여전히 그 초밥집 주인의 얼굴만은 그림으로 그릴 수 있을 정도로 또렷하게 기억하고 있다니, 그때 초밥이 어지간히 맛이 없어서 저한테 추위와 고통을 느끼게 했는가 봅니다. 원래 저는 누가 맛있는 초밥집이라고 소문난 가게에 데리고 가주어도 맛있다고 느낀 적이 한 번도 없었습니다. 너무 크기 때문입니다. 엄지손가락 정도의 크기로 단단하게 쥘 수는 없을까 하고 늘 아쉬워했습니다) 그녀를 기다렸습니다.

그녀는 혼조本所에 있는 목수네 집 2층에 세 들어 살고 있었습니다. 저는 그 2층에서 평소 저의 음산한 마음을 조금도 숨기지 않고 심한 치통이라도 앓고 있는 것처럼 한 손으로 볼을 누른 채로 차를 마셨습니다. 그리고 그런 제 모습이 오히려 그녀의 마음에 들었던 모양입니다. 그녀도 주위에 차가운 삭풍이 불고 낙엽만 흩날리는 듯한, 완전히 고립된 느낌의 여자였습니다.

함께 자면서 그녀가 나보다 두 살 연상이라는 것, 고향은 히로시마広島라는 것을 알게 됐습니다. 그녀는 "나한테는 남편이 있어. 히로시마에서 이발사로 일했지. 작년 봄에 함께 가출해서 도쿄로 도망쳐왔지만, 남편은 도쿄에서 제대로 일자리를 잡기도 전에 사기죄로 붙잡혀 교도소에 들어갔어. 나는 매일 이것저것 차입하러 교도소에 다녔지만, 내일부터는 그만둘래." 따위의 얘기를 늘어놓았습니다. 그러나 저는 어떻게 된 일인지 여자의 신세타령 같은 것에는 전혀 흥미를 느끼지 못하는 성격입니다. 여자들이 말주변이 없는 것인지, 이야기의 중점을 어디에 두는지 모르는 것인지, 어쨌든 저에게는 늘 마이동풍馬耳東風이었습니다.

"쓸쓸해."

저는 여자들의 천 마디 만 마디 신세한탄보다 이 한 마디 중얼거림에 더 공감이 갈 것이 틀림없다고 생각하지만, 이 세상 여자들한테서 끝내 한 번도 이 말을 들은 적이 없다는 것은 괴상하고도 이상하다고 생각합니다. 그녀는 말로 "쓸쓸해."라고 하지는 않았지만 무언의 지독한 쓸쓸함을 몸 외곽에 한 뼘 정도 되는 기류처럼 두르고 있어서, 그 사람에게 가까이 다가가면 저도 그 기류에 휩싸여 제가 지닌 다소 가시 돋친 음산한 기류와 적당히 섞여서 '물속 바위에 들러붙은 낙엽'처럼 제 몸이 공포나 불안으로부터 멀어질 수 있었던 것입니다.

저 백치 매춘부들의 품 안에서 안심하고 푹 잘 수 있다는 생각과는 또 전혀 다르게(무엇보다도 그 매춘부들은 명랑했습니다) 이 사기범의 아내와 보낸 하룻밤이 저한테는 행복하고(이런 엄청난 말을 아무 주저 없이 긍정적으로 사용하는 일은 이 수기 전체에서 두 번 다시 없을 것입니다) 해방된 밤이었습니다.

그러나 단 하룻밤이었습니다. 아침에 잠이 깨어 일어난 저는 원래대로 경박하고 가식적인 익살꾼이 되어 있었습니다. 겁쟁이는 행복조차 두려워하는 법입니다. 솜방망이에도 상처를 입습니다. 행복에 상처를 입는 일도 있습니다. 저는 상처를 입기 전에 얼른 이대로 헤어지고 싶어 안달하며 예의 익살로 연막을 쳤습니다.

"'돈이 떨어지면 정도 떨어진다'는 속담은 말이야. 세상에서 하는 해석처럼 돈이 떨어지면 여자한테 버림받는다는 뜻이 아니야. 남자가 돈이 떨어지면 자연히 의기소침해져서 쓸모가 없어지고 웃음소리에도 힘이 없어지고 괜히 삐딱해져. 그리고 끝내는 자포자기해서 자기 쪽에서 여자를 버리게 되거든. 반미치광이처럼 뿌리치고 내친다는 의미지.《가나자와 대사림金沢大辭林》(일본의 언어학자인 가나자와 쇼자부로金沢庄三郎가 1907년에 펴낸 일본어 사전을 말한다─옮긴이)이라는 책에 의하면 그렇다는군. 딱하게도 말이야. 나는 그 마음 이해해."

분명히 그런 말 같잖은 소리를 해서 쓰네코를 웃긴 걸로 기억합니다. 궁둥이가 무거우면 안 돼. 괜한 두려움이 일어 얼굴도 씻지 않고 재빨리 철수했습니다만, 그때 제가 돈이 떨어지면 정도 떨어진다고 한 허튼소리는 나중에 가서 의외의 인연을 만들어냈습니다.

그러고 나서 한 달 동안 저는 그날 밤의 은인을 만나지 않았습니다. 헤어지고 나서 시간이 흐름에 따라 그때의 희열은 사라지고 오히려 잠시나마 은혜를 입은 일이 어쩐지 두려워져서 공연히 혼자 심한 속박을 느끼게 되었고, 그때 술

값 계산을 전부 쓰네코한테 부담시킨 일까지도 점점 마음에 걸리기 시작했습니다.

결국 쓰네코 역시 하숙집 딸이나 여자 고등 사범학교 학생처럼 저를 위협하는 여자로 느껴졌고, 멀리 떨어져 있으면서도 끊임없이 쓰네코에게 겁을 먹게 되었습니다. 게다가 저는 함께 잔 여자를 다시 만나게 되면 왠지 상대방이 갑자기 불같이 화를 낼 것만 같아 만나는 것을 몹시 꺼리는 성격이었기 때문에 점점 더 긴자를 멀리하게 되었습니다. 그러나 저의 그런 성격은 결코 제가 교활해서가 아니라, 여자들이 함께 잔 일과 아침에 일어나고 나서의 일 사이에 티끌만큼의 관련도 짓지 않고 완전히 망각한 듯 두 세계를 완벽하게 단절시키고 살아가는 그 불가사의한 현상을 아직은 잘 납득할 수 없었기 때문이었습니다.

11월 말, 저는 호리키와 간다의 포장마차에서 싸구려 술을 마셨는데, 이 악우惡友가 그 포장마차에서 나온 뒤에도 어디 가서 좀 더 마시자고 고집을 피웠습니다. 우리한테는 가진 돈이 더는 없었는데도 그래도 자꾸 마시자며 끈덕지게 조르는 것이었습니다. 그때 제가 취해서 간이 커져 있었나 봅니다.

"그래? 그럼 꿈나라로 데려다주지. 놀라지 말라고. 주지육림이라는……."

"카페?"

"그래."

"가자!"

그렇게 되어 둘은 전차를 탔고, 호리키는 한껏 들떠서 말했습니다.

"나 오늘 밤 여자가 고파. 카페 여급한테 키스해도 되겠지?"

저는 호리키가 그런 추태를 부리는 것을 그다지 좋아하지 않았습니다. 그리고 호리키도 그것을 알고 있었기 때문에 저에게 미리 확인을 받은 것입니다.

"알겠지? 키스할 거다. 내 옆에 앉는 여급한테 무조건 키스할 거야. 괜찮지?"

"괜찮겠지."

"아, 고마워! 내가 지금 여자한테 몹시 굶주렸거든."

긴자 4가에서 내려 소위 주지육림인 큰 카페에 쓰네코만 믿고 거의 무일푼 상태로 들어가 비어 있는 칸막이 좌석에 호리키와 마주 앉자마자 쓰네코와 또 한 사람의 여급이 다가왔습니다. 그런데 그 또 한 사람의 여급이 내 옆에, 그리고 쓰네코가 호리키 옆에 털썩 앉는 바람에 저는 덜컥했습니다. 쓰네코가 이제 곧 키스를 당한다.

아깝다는 기분은 아니었습니다. 저한테는 원래 소유욕이

라는 것이 희박했고, 또 어쩌다 살짝 아깝다는 마음이 드는 일이 있어도 감히 그 소유권을 당당히 주장하며 남하고 다툴 만한 기력은 없었습니다. 나중에 제 내연녀가 강간당하는 것을 잠자코 보기만 하던 일조차 있었을 정도입니다.

인간 사이의 분쟁을 되도록 멀리하고 싶었던 것입니다. 그 소용돌이에 말려드는 것이 두려웠던 것입니다. 쓰네코와 저는 단지 하룻밤을 나눈 사이였습니다. 쓰네코는 제 것이 아니었습니다. '아깝다' 따위의 분수도 모르는 욕심을 제가 가질 수는 없었습니다. 그렇지만 저는 덜컥했습니다.

제 눈앞에서 호리키의 맹렬한 키스를 당할 쓰네코의 처지가 가여웠기 때문입니다. 호리키한테 더럽혀지면 쓰네코는 나하고 헤어질 수밖에 없겠지. 게다가 나한테도 쓰네코를 붙잡을 만큼 적극적인 열정은 없어. 아아, 이젠 이것으로 끝장이구나 하고 쓰네코의 불행에 일순 덜컥했지만 금방 물 흐르듯 순순히 체념하고 호리키와 쓰네코의 얼굴을 번갈아 보면서 실실 웃었습니다.

그러나 사태는 정말이지 의외로 훨씬 더 나쁘게 전개되었습니다.

"그만둘래!"

호리키가 입술을 일그러뜨리며 말했습니다.

"아무리 나라도 이런 궁상맞은 여자하고는……."

그러고는 진저리가 난다는 듯이 팔짱을 낀 채 쓰네코를 빤히 쳐다보면서 쓴웃음을 짓는 것이었습니다.

"술 줘. 돈은 없어."

저는 작은 목소리로 쓰네코한테 말했습니다. 그야말로 흠뻑 뒤집어쓸 정도로 마시고 싶었습니다. 이른바 속물들의 눈으로 보면 쓰네코는 취한의 키스를 받을 가치조차 없는, 그저 초라하고 궁상맞은 여자였던 것입니다. 정말 뜻밖에도 저는 날벼락을 맞고 박살이 난 것 같은 기분이었습니다.

저는 여태 한 번도 전례가 없을 정도로 끝도 없이 술을 마셨고, 비틀비틀 취해서는 쓰네코와 마주 보며 서글픈 미소를 나눴습니다. 그 말을 듣고 보니 이 여자 묘하게 늘 지쳐 있고 궁상맞은 모습이구나 하는 생각이 들면서 없는 사람끼리의 동질감(빈부의 불화라는 것이 진부한 것 같아도 역시 드라마의 영원한 테마 중 하나라고 지금은 생각합니다만) 같은 것이 치밀어 올라와서 쓰네코가 사랑스러우면서도 불쌍했고, 그때 태어나서 처음으로 적극적으로 미약하나마 사랑의 마음이 싹트는 것을 자각했습니다.

토했습니다. 정신을 잃었습니다. 술을 마시고 그렇게 정신을 잃을 만큼 취한 것도 그때가 처음이었습니다.

눈을 뜨니 머리맡에 쓰네코가 앉아 있었습니다. 혼조의 목수네 집 2층 방에 누워 있었던 것입니다.

"돈이 떨어지면 정도 떨어진다고 해서 농담인 줄 알았더니 진담이었나 봐. 발길을 뚝 끊고. 참 까다롭네. 내가 돈을 벌어서 대줘도 안 될까?"

"안 돼."

그러고 나서 여자도 누웠고, 새벽녘에 여자 입에서 '죽음'이라는 단어가 처음 나왔습니다. 여자도 인간으로서 삶을 영위해나가는 데 완전히 지쳐버린 듯했습니다. 또 저도 세상에 대한 공포, 번거로움. 돈, 예의 운동, 여자, 학업 등을 생각하면 더는 도저히 견뎌내며 살아갈 수 없을 것 같아 그녀의 제안에 쉽게 동의했습니다.

하지만 그때는 아직 '죽자'는 각오가 진지하게 서 있지는 않았습니다. 어딘가에 '놀이' 같은 기분이 숨어 있었습니다.

그날 오전 우리 두 사람은 아사쿠사浅草 육구六區 거리를 헤매고 다니다가 다방에 들어가 우유를 마셨습니다.

"당신이 내."

일어서서 소매에서 지갑을 꺼내 열어보니 동전 세 닢뿐. 수치심보다도 참담함이 엄습했고 금방 뇌리에 떠오르는 것은 선유관의 제 방이었습니다. 교복과 이불만 남아 있을 뿐이제 더는 전당포에 맡길 만한 물건 하나 없는 황량한 방, 그 밖에는 내가 지금 입고 있는 이 싸구려 기모노와 망토, 이것이 내 현실이다, 더는 살아갈 수 없다는 것을 뼈저리게 깨달았습니다.

제가 주뼛거리고 있으니까 여자가 일어나더니 제 지갑을 들여다봤습니다.

"어머나, 겨우 그것뿐이야?"

무심한 목소리였습니다만 그 또한 뼈를 찌르듯 아팠습니다. 처음으로 제가 사랑한 사람의 말이었던 만큼 가슴이 쓰라렸습니다. 동전 세 닢은 돈도 아니었던 것입니다. 그것은 그때까지 제가 맛보지 못했던 기묘한 굴욕이었습니다. 도저히 살아 있을 수 없는 굴욕이었습니다. 필경 그 무렵의 저는 아직 부잣집 도련님이라는 핏줄에서 벗어나지 못했던 것이겠죠. 그때 저는 자진해서라도 죽으려고 진심으로 결심했습니다.

그날 밤 저희는 가마쿠라鎌倉의 바다에 뛰어들었습니다. 그녀는 이 오비帶(일본의 전통 복장에서 허리에 감아 매어 옷을 고정시키는 천. 허리띠—옮긴이)는 가게 친구한테 빌린 거니까 하면서 오비를 풀어서는 개어서 바위 위에 올려놓았고, 저도 망토를 벗어서 같은 곳에 놓아두고 함께 물속으로 뛰어들었습니다.

그녀는 죽었습니다. 그러나 저는 살았습니다.

제가 고등학생이기도 했고 또 아버지의 이름에도 소위 뉴스의 가치라는 것이 얼마간은 남아 있었는지, 신문에서도 꽤 크게 다루었나 봅니다.

저는 해변에 있는 병원에 입원하게 되었고, 고향에서 친척 중 한 사람이 와서 이런저런 뒤처리를 해주었습니다. 그는 고향에서 아버지를 비롯한 온 집안 식구가 격노하고 있으니 이젠 본가로부터 의절당할지도 모른다고 저한테 말하고는 돌아갔습니다. 하지만 저는 그런 것보다는 죽은 쓰네코가 그리워서 훌쩍훌쩍 울고만 있었습니다. 정말로 그때까지 만났던 사람들 중에 그 궁상맞은 쓰네코만을 좋아했었으니까요.

하숙집 딸한테서 단카短歌(5, 7, 5, 7, 7의 5구 31음절을 기준으로 한 일본의 정형시─옮긴이)를 쉰 편이나 적은 긴 편지가 왔습니다. "살아주세요."라는 묘한 말로 시작하는 단카만 쉰 편이었습니다. 또 간호사들이 명랑하게 웃으면서 제 병실에 놀러왔고, 개중에는 제 손을 꼭 쥐었다가 가는 간호사도 있었습니다.

제 왼쪽 폐에 탈이 있는 것이 그 병원에서 처음 발견되었는데, 그 사실은 저한테 매우 유리하게 작용했습니다. 이윽고 저는 자살 방조죄라는 죄명으로 병원에서 경찰서로 끌려

갔지만, 경찰서에서 저를 환자로 취급해주어서 특별히 보호실에 수용되었던 것입니다.

한밤중에 보호실 옆 숙직실에서 당직을 서던 늙은 순경이 사잇문을 슬그머니 열고 "이봐!" 하고 저한테 말을 걸고는 "춥지? 이리 와서 불 좀 쬐지?"라고 했습니다.

저는 일부러 다소곳하게 숙직실로 들어가 의자에 걸터앉아 화롯불을 쬐었습니다.

"죽은 여자가 그립지?"

"네."

일부러 꺼질 것 같은 가느다란 목소리로 대답했습니다.

"그게 바로 인정이라는 걸세."

그는 점차 거들먹거리기 시작했습니다.

"처음 여자하고 관계를 맺은 곳이 어딘가?"

마치 재판관처럼 점잖은 척 묻는 것이었습니다. 그는 제가 어리다고 얕잡아보고는 가을밤의 심심풀이로 자기가 취조 주임이라도 되는 양 음담 비슷한 술회를 끌어내려는 심산인 것 같았습니다. 저는 재빨리 그 의도를 알아차렸고 웃음이 터지려는 것을 참느라 애먹었습니다.

순경의 그런 '비공식적인 심문'에는 일체의 대답을 거부해도 상관없다는 사실쯤은 저도 알고 있었습니다. 그러나

긴 가을밤의 흥을 돋우기 위해 저는 어디까지나 공손하게, 그 순경이야말로 취조 주임이고 형벌의 경중을 결정하는 것도 그 순경의 생각 하나에 달려 있다는 것을 굳게 믿어 의심치 않는 것처럼 성의를 가장하고 그의 음란한 호기심을 조금은 만족시킬 만큼 적당히 '진술'을 했습니다.

"음, 그 정도면 대충 알겠어. 뭐든 정직하게 대답하면 우리 쪽에서도 편의를 좀 봐줄 걸세."

"감사합니다. 잘 부탁드립니다."

거의 신들린 연기였습니다. 그리고 저 자신을 위해서는 무엇 하나 득 될 것이 없는 열연이었습니다.

날이 새자 저는 서장한테 불려갔습니다. 이번에는 본격적인 취조였습니다.

문을 열고 서장실에 들어서는 순간이었습니다.

"이야, 참 잘생겼군. 이건 자네가 나쁜 게 아니야. 이렇게 미남으로 낳아놓은 자네 어머니가 나쁜 거지."

얼굴이 까무잡잡한, 대학물 좀 먹은 듯한 느낌의 아직 젊은 서장이었습니다. 갑자기 그런 말을 듣자 저는 얼굴 한쪽에 붉은 반점이라도 있는 흉측한 불구자가 된 것처럼 비참한 기분에 휩싸였습니다.

유도 혹은 검도 선수 같은 서장의 취조는 실로 깔끔해서 간밤의 은밀하고 집요하기 짝이 없던 늙은 순경의 호색적인 '취조'와는 하늘과 땅만큼 차이가 났습니다. 심문이 끝나자 서장은 검찰청으로 보낼 서류를 쓰면서 "몸을 소중히 해야 해. 혈담이 나온다면서?"라고 했습니다.

그날 아침 이상하게 기침이 나서 기침이 날 때마다 손수건으로 입을 가렸는데, 그 손수건에 빨간 우박이 내린 것처럼 피가 묻었던 것입니다. 그러나 그것은 목에서 나온 피가 아니라 어젯밤 귀밑에 생긴 작은 종기를 만지작거릴 때 거기서 나온 피였습니다. 그렇지만 문득 진실을 밝히지 않는 편이 저에게는 유리할 것 같은 생각이 들어서 그저 눈을 내리깔고 "네." 하고 얌전히 대답했습니다.

서장은 서류를 다 쓰고 나더니 말했습니다.

"기소가 될지 어떨지 그건 검사가 결정할 일이지만, 자네의 신원 보증인한테 전보나 전화로 내일 요코하마橫浜 검찰청으로 와달라고 부탁하는 편이 좋겠네. 누구든 있겠지? 보호자나 보증인 말이야."

아버지의 도쿄 별장에 드나들던 고서화 골동품상인 시부타. 우리랑 같은 고향 사람으로 아버지의 심부름꾼 역할도 겸하던 땅딸막한 40대 독신남이 저의 학교 보증인으로 되어 있는 것을 기억해냈습니다. 그 남자의 얼굴, 특히 눈매가 넙치를 닮았다고 해서 아버지는 언제나 그를 넙치라고 불렀고 저도 그렇게 부르는 것이 익숙했습니다.

경찰 전화번호부를 빌려서 넙치네 집 전화번호를 찾아낸 다음 넙치한테 전화해서 요코하마 검찰청으로 와달라고 부탁했더니, 넙치는 사람이 변한 것처럼 거만한 말투이긴 했지만 그래도 어쨌든 승낙해주었습니다.

"어이, 그 전화기 얼른 소독하는 게 좋을 거야. 혈담이 나왔다니까."

제가 다시 보호실로 돌아가자 순경들한테 그렇게 이르는 서장의 큰 목소리가 보호실에 앉아 있는 제 귀에까지 들렸습니다.

점심때가 지나자 저는 가느다란 줄로 허리가 묶였고, 망토로 그것을 감출 수 있게 허락받았습니다. 젊은 순경이 그 줄 끄트머리를 꽉 쥔 채 둘이 함께 전차를 타고 요코하마로 향했습니다.

하지만 저는 전혀 불안하지 않았고, 경찰서 보호실도 늙은 순경도 그리웠습니다. 아아, 저는 어째서 이럴까요? 죄인으로 포박당하자 오히려 마음이 놓이고 편안해지다니. 지금 그때의 추억담을 쓰면서도 정말이지 느긋하고 즐거운 기분이 되었습니다.

그러나 그 시절의 그리운 추억 속에도 단 하나 식은땀이 서 말인 평생 잊을 수 없는 비참한 실수가 있었습니다.

저는 검찰청의 어두컴컴한 방에서 검사로부터 간단한 취조를 받았습니다. 검사는 마흔 살 전후의 조용한(만일 제가 미남이었다 해도 그것은 소위 사악한 미모였음이 분명합니다만, 그 검사의 얼굴은 '올바른 미모'라고 부르고 싶을 만큼 총명하고 고요한 기운을 띠고 있었습니다) 사람이었고, 꼬장꼬장한 성격은 아닌 것 같아서 저도 전혀 경계하지 않고 아무 생각 없이 진술하고 있었습니다. 그런데 갑자기 예의 기침이 나서 소매에서 손수건을 꺼냈는데 문득 거기 묻은 피를 보고 이 기침 또한 무슨 소용에 닿을지도 모른다는 천박한 술책으로 콜록, 콜록 하고 두어 번 가짜 기침까지 보태어 요란하게 기침한 후 손수건으로 입을 가린 채 검사의 얼굴을 힐끗 보았습니다. 그 순간 검사가 말했습니다.

"진짜야?"

그는 조용한 미소를 띠고 있었습니다. 식은땀 서 말, 아니 지금 생각해도 정말이지 당황스럽습니다. 중학교 시절 그 바보 다케이치한테서 "일부러 그랬지?"라는 말로 등에 칼을 맞아 지옥으로 굴러떨어졌던 때의 느낌 이상이라고 해도 결코 과언이 아닌 기분이었습니다.

그 일과 이 일, 이 두 가지는 제 평생의 연기 중에서 대실패의 기록입니다. 검사의 그런 조용한 모멸과 맞닥뜨리느니 차라리 10년형을 구형받는 편이 나았다고 생각할 때조차 가끔 있을 정도입니다.

저는 기소 유예 처분을 받았습니다. 하지만 전혀 기쁘지 않았습니다. 세상에 드문 비참한 심정으로 검찰청의 대기실 벤치에 앉아 저를 데리러 올 넙치를 기다렸습니다.

등 뒤에 있는 높은 창 너머로 석양에 물든 하늘이 보였고 기러기가 '여女' 자를 그리며 날고 있었습니다.

세

번
째

수
기

1

다케이치의 예언 중 하나는 들어맞았고, 하나는 빗나갔습니다. 여자들이 홀딱 빠질 거라는 불명예스러운 예언은 맞았습니다만, 틀림없이 훌륭한 화가가 될 거라는 축복의 예언은 빗나갔습니다.

저는 고작 조악한 잡지의 하찮은 무명 만화가가 되었을 뿐입니다.

가마쿠라 사건 때문에 고등학교에서 쫓겨난 저는 넙치네집 2층의 다다미畳(다다미 한 장의 넓이는 약 0.5평—옮긴이) 석 장짜리 방에 칩거하게 되었고 고향에서는 다달이 극히 소액의 돈이, 그것도 저한테 직접이 아니라 넙치한테 몰래 송금되는 것 같았습니다. (게다가 그것도 고향의 형들이 아버지 몰래 보내주는 것 같았습니다.) 그 밖에 고향과의 연결고리는 완전히 끊겨버렸습니다.

넙치는 언제나 기분이 좋지 않아서 제가 비위를 맞추려고 웃어도 웃지 않을 뿐만 아니라 인간이 이렇게도 쉽게, 그야 말로 손바닥 뒤집듯이 변할 수 있을까 하는 생각이 들 정도로 치사하게, 아니, 오히려 우스꽝스럽게 느껴질 정도로 지독하게 변해버려서 "나가면 안 돼요. 어쨌든 나가지 마요." 라는 말만 되풀이하는 것이었습니다.

넙치는 제가 자살할 우려가 있다고, 즉 여자 뒤를 쫓아 다시 바다에 뛰어들 위험이 있다고 어림하고 있었는지, 저의 외출을 엄중히 금했던 것입니다. 그렇지만 술도 못 마시고, 담배도 못 피우고, 그저 아침부터 밤까지 2층의 다다미 석 장짜리 방에서 고타쓰火燵(나무로 만든 탁자에 이불이나 담요 등을 덮고 탁자 아래에는 화로나 난로를 놓은 일본의 전통 난방 기구—옮긴이)에 다리를 묻고 낡은 잡지 따위를 뒤적이면서 바보 같은 생활을 하는 저에게는 자살할 기력조차 없었습니다.

넙치네 집은 오쿠보大久保의 의학 전문학교 근처에 있었는데, 회화 골동품 가게 '청룡원青龍園'이라는 간판의 글씨만은 제법 허세를 부리고 있었지만, 한 건물에 두 집이 사는 데다 그 한 집인 가게 입구도 좁았고 가게 안은 먼지투성이였으며 시원찮은 잡동사니만 줄줄이 늘어놓고 있었습니다. (사실

96

넙치는 그 잡동사니를 팔아서 수익을 내는 게 아니라 이쪽의 소위 '사장님'의 비장의 물건을 저쪽의 '사장님'께 그 소유권을 양도하는 일 따위를 하며 돈을 버는 것 같았습니다.) 넙치가 가게에 붙어 있는 날은 거의 없었는데, 아침부터 못마땅한 얼굴로 서둘러 나갔고, 가게는 열일고여덟 살쯤 되어 보이는 점원 아이 하나가 저를 감시하는 역할도 겸해서 맡고 있었습니다.

그 아이는 틈만 나면 밖에 나가 동네 아이들하고 캐치볼 같은 것을 하면서도 2층의 식객을 보면 바보 아니면 미치광이쯤으로 생각하는지 어른들의 설교 비슷한 것까지 했고, 저는 남하고 말다툼을 하지 못하는 성격이어서 지친 듯한, 아니면 감탄한 듯한 얼굴로 귀를 기울이고 순순히 복종했습니다.

그 아이는 시부타의 사생아로, 그런데도 무슨 사정이 있어서 시부타는 소위 부자라는 호칭을 쓰지 않았고, 또 시부타가 쭉 독신인 것도 그것과 관련이 있는 듯했고, 저도 예전에 집안사람들한테서 그에 관한 얘기를 얼핏 들은 것 같기도 합니다만, 제가 워낙 남의 일에는 관심이 없는 편이라서 깊은 내막은 아무것도 모릅니다. 하지만 그 아이의 눈매에도 묘하게 생선 눈을 연상시키는 구석이 있는 것을 보면 역시 넙치의 사생아…… 그런데 그렇다면 둘은 정말로 서글픈 부자父子였습니다. 밤늦게 2층에 있는 저 몰래 둘이서 메밀국수 같은 것을 배달시켜 소리를 죽여가며 먹곤 하는 것이었습니다.

넙치네 집에서 식사는 늘 그 점원 아이가 준비했는데 2층 애물단지의 식사만 별도로 쟁반에 담아서 하루에 세 번 2층으로 들고 왔고, 넙치와 아이는 계단 밑 눅눅한 다다미 녁 장 반짜리 방에서 달그락달그락 접시랑 반찬 그릇이 부딪치는 소리를 내가며 황급히 먹었습니다.

3월 말의 어느 날 저녁 넙치는 생각지 못한 횡재라도 했는지 혹은 무슨 책략이라도 있었는지(이 두 추측이 다 맞는다 하더라도 저 따위는 도저히 추측할 수조차 없는 사소한 이유도 있었겠지만), 평소와 달리 저를 술 같은 것이 곁들여진 아래층의 식탁으로 초대했습니다.

넙치가 아닌 참치회에 대접하는 주인도 스스로 감복하고 찬탄하면서 멀거니 앉아 있는 식객한테도 술을 조금 권하더니 물었습니다.

"이제부터 어떻게 하실 생각입니까?"

이 물음에는 대답하지 않은 채 밥상 위의 접시에서 정어리 새끼 포를 집어 들고 그 잔챙이들의 은빛 눈알을 바라보고 있으려니 술기운이 훈훈하게 돌기 시작해서 저는 마음대로 놀러 다니던 시절이 그립고, 호리키조차 그립고, 정말이지 '자유'가 그리워서 문득 소리 죽여 울 뻔했습니다.

저는 그 집에 오고 나서는 익살을 연기할 의욕조차 잃어 버려서 오로지 넙치와 점원 아이의 멸시에 몸을 내맡기고 있었습니다. 넙치 역시 저하고 속을 터놓고 긴 이야기를 나누는 것을 피하는 눈치였고, 저 또한 그런 넙치를 쫓아다니면서 무언가를 호소할 생각 같은 것은 없어서, 거의 완벽한 멍청이 식객이 되어 있었던 것입니다.

"기소 유예라는 것이 전과 몇 범 같은, 그렇게는 되지 않는 모양입니다. 그러니까 당신이 마음먹기에 따라 갱생도 할 수 있다는 얘기입니다. 당신이 만약 개과천선하려는 마음에서 진지하게 저에게 상담을 청할 생각이 있다면 저도 고려해보겠습니다."

그런데 넙치의 말투에는, 아니, 이 세상 모든 사람의 말투에는, 이처럼 까다롭고 어딘지 모호하고 책임을 회피하는 듯한 미묘한 복잡함이 있어서, 거의 무익하게 생각되는 그런 엄중한 경계와 무수한 성가신 술책에 저는 늘 당황하며 에이 귀찮아, 아무래도 상관없어 하는 기분이 되어 익살로 얼버무리거나 무언으로 수긍하게 되는, 말하자면 패배자의 태도를 취하게 되는 것이었습니다.

이때도 넙치가 다음과 같이 간단하게 말해주었더라면 쉽게 끝날 일이었던 것을 나중에 알고 넙치의 불필요한 경계심, 아니, 이 세상 사람들의 불가사의한 허영과 체면 차리기에 말할 수 없이 암울해졌습니다.

그러니까 넙치는 그때 그냥 이렇게만 말하면 되었던 것입니다.

"공립이건 사립이건 어쨌든 4월부터 아무 학교에라도 들어가세요. 당신 생활비는 학교에 들어가고 나면 고향에서 좀 더 넉넉하게 보내주기로 되어 있으니까요."

훨씬 나중에 알게 된 일이지만 사실은 그랬던 것입니다. 그때 그렇게 말했다면 저도 그 말을 따랐을 겁니다. 그런데 넙치가 괜히 신중한 척 돌려 말했기 때문에 묘하게 일이 틀어져서 제가 살아갈 방향이 완전히 바뀌어버린 것입니다.

"저와 진지하게 상담할 마음이 없다면 할 수 없지만."

"무슨 상담이요?"

저는 정말이지 아무것도 짐작할 수가 없었습니다.

"그야 당신의 마음속에 있는 고민이겠지요?"

"예를 들면?"

"예를 들면이라니? 당신은 이제부터 어떻게 할 생각입니까?"

"일하는 게 좋을까요?"

"아니, 당신의 생각이 대체 뭔데요?"

"하지만 학교에 들어간다 해도……."

"당연히 돈이 필요하겠죠. 그러나 문제는 돈이 아닙니다. 당신의 마음입니다."

돈은 고향에서 보내주기로 되어 있다고 왜 한마디 해주지 않았을까요? 그 한마디에 따라서 제 마음도 결정되었을 텐데. 저는 그저 오리무중이었습니다.

"어때요? 장래의 희망, 뭐 그런 거라도 있습니까? 그러니까 도대체…… 사람 하나 보살피는 게 얼마나 힘든 일인지 보살핌을 받는 사람은 모르겠지만요."

"죄송합니다."

"그게 정말 걱정입니다. 제가 일단 당신을 보살피기로 한 이상 당신도 어정쩡한 마음으로 있지 않기를 바라는 겁니다. 당당하게 갱생의 길을 걷겠다는 각오를 보여줬으면 하는 거죠. 예컨대 장래 계획에 대해 당신 쪽에서 저에게 진지하게 상담을 청해온다면 저도 그 상담에 응할 생각입니다. 그야 어차피 이런 가난뱅이 넙치가 돕는 거니까, 예전처럼 풍요롭게 지내기를 바란다면 기대에 어긋나겠죠. 하지만 당신이 마음을 다잡고 장래 계획을 확실히 세운 다음 저에게 상담을 청해준다면 저도 비록 얼마 안 되지만 조금씩이라도 당신의 갱생을 도울 생각입니다. 아시겠습니까, 제 마음을? 도대체 당신은 이제부터 어떻게 할 계획입니까?"

"이 집 2층에 제가 못 있게 된다면, 일을 해서······."

"진심으로 그런 말씀을 하는 거예요? 요즘 같은 세상에는 제국대학을 나와도······."

"아니, 월급쟁이가 되겠다는 건 아닙니다."

"그럼 뭡니까?"

"화가가 될 겁니다."

큰맘 먹고 그 말을 했습니다.

"예에?"

그때 목을 움츠리고 웃던 넙치의 얼굴에 떠오른, 너무나도 교활한 그림자를 저는 잊을 수가 없습니다. 경멸 같기도 하면서 경멸하고는 또 다른, 이 세상을 바다에 비유한다면 바닷속 천길만길 깊은 곳에나 그런 기묘한 그림자가 떠돌고 있을까. 뭔가 어른들 생활의 제일 밑바닥을 얼핏 보는 것 같은 웃음이었습니다.

"이래서는 얘기가 안 되겠군. 전혀 마음이 잡혀 있지 않잖아. 생각해봐요. 오늘 하룻밤 진지하게 생각해보라고요."

저는 쫓기듯이 2층으로 올라가 자리에 누웠지만, 딱히 이렇다 할 생각이 떠오르지 않았습니다. 그리고 새벽녘에 넙치네 집에서 도망쳤습니다.

저녁에 꼭 돌아오겠습니다. 왼쪽에 적은 친구 집에 장래 계획에 대해 의논하러 가는 것이니 걱정 마십시오. 정말입니다.

편지지에 연필로 크게 쓰고 아사쿠사에 사는 호리키 마사오의 주소와 성명을 써놓고는 몰래 넙치네 집을 나섰습니다.

넙치한테 훈계받은 것이 분해서 도망친 것이 아닙니다. 넙치의 말대로 정말이지 저는 마음이 단단하지 못한 사내인데다 장래 계획이건 뭐건 저로서는 전혀 생각도 나지 않았고, 더는 넙치네 집에서 신세 지는 것은 넙치한테도 미안하고, 그러다가 혹여 저에게도 분발하려는 마음이 생겨서 뜻을 세워봤자 그 갱생 자금을 저 가난한 넙치에게 다달이 지원받는다고 생각하니 너무 괴로워서 더는 견뎌낼 수 없을 것 같은 기분이었기 때문입니다.

그러나 제가 진심으로 소위 '장래 계획'을 호리키 같은 놈한테 상담하러 가려는 생각으로 넙치네 집을 나선 것은 아니었습니다. 다만 잠깐이라도, 한순간만이라도 넙치를 안심시키고 싶어서(그사이에 조금이라도 더 멀리 도망치려는 탐정 소설식 책략에서 그런 편지를 썼다기보다는, 아니, 그런 마음도 조금은 있었겠지만, 그보다는 역시 난 갑자기 넙치한테 충격을 주어서 그를 혼란스럽고 당혹하게 만드는 일이 두려웠기 때문이라고 하는 편이 좀 더 정확할지도 모릅니다. 어차피 들킬 게 뻔한데도 솔직하게 말하기가 두려워서 반드시 뭐라도 장식을 달아 놓는 것이 저의 서글픈 버릇 중 하나인데, 그것은 세상 사람들이 '거짓말쟁이'라고 부르며 멸시하는 성격과 비슷하지만 저는 무슨 득이라도 보려고 그런 장식을 단 적은 거의 없습니다. 그저 흥이 깨지면서 분위기가 일변하는 것이 질식할 만큼 끔찍하게 싫어서 나중에 저한테 불이익이 되리라는 것을 알면서도 예의 '필사적인 서비스 정신', 그것이 비록 잘못되고 시원찮고 우스꽝스러운 것이라 할지라도 그런 서비스 정신에서 저도 모르게 한마디 덧붙이게 되는 경우가 많았던 것 같습니다. 그러나 그 습성 또한 세상의 소위 '정직한 사람들'에게 이용당하게 되었습니다) 그때 문득 기억의 밑바닥에서 떠오르는 대로 호리키네 주소와 이름을 편지 끄트머리에 적었을 뿐입니다.

넙치네 집을 나서서 신주쿠新宿까지 걸어가 품에 지니고 있던 책을 팔고 나니 또다시 막막해졌습니다.

저는 누구에게나 상냥하게 대했지만 '우정'이라는 것을 한 번도 실감해본 적이 없었고, 호리키처럼 놀 때만 어울리는 친구는 별도로 하고, 모든 교제가 그저 고통스럽기만 할 뿐이어서 그 고통을 완화시키려고 열심히 익살을 연기하느라 오히려 기진맥진해지곤 했습니다. 조금 아는 사람의 얼굴이나 그 비슷한 얼굴이라도 길거리 등에서 보게 되면 흠칫하면서 일순 현기증이 날 정도로 불쾌한 전율에 휩싸이는 듯했고, 다른 사람들한테 사랑을 받을 줄은 알지만 다른 사람을 사랑하는 능력은 결핍된 것 같았습니다. (하긴 저는 이 세상 인간들에게 과연 '사랑'하는 능력이 있는지 어떤지 대단히 의문스럽게 생각하고 있습니다.) 그런 저에게 소위 '친구' 같은 것이 있을 리 없었고 게다가 저한테는 남의 집을 '방문'하는 능력조차 없었습니다. 남의 집 대문은 저한테는 저《신곡》에 나오는 지옥의 문보다 더 으스스했고, 그 문 안쪽에서 무시무시한 용 같은 비린내 나는 짐승이 꿈틀거리는 기척을, 과장이 아니라 실제로 느꼈던 것입니다.

누구와도 교류가 없다. 아무 데도 찾아갈 곳이 없다.

호리키.

그야말로 농담으로 한 말이 사실이 된 꼴이었습니다. 편지에 쓴 대로 정말 아사쿠사의 호리키를 찾아가기로 한 것입니다. 그때까지는 제 쪽에서 호리키네 집을 찾아간 적이 한 번도 없었고 대개는 전보로 호리키를 불러냈습니다. 하지만 지금은 전보 요금조차 부담스러웠고, 초라한 신세가 되었다는 비뚤어진 심정에서 전보만으로는 호리키가 와주지 않을지도 모른다는 생각에 저한테는 다른 무엇보다도 힘든 '방문'이라는 것을 하기로 결심했습니다.

한숨을 쉬며 전차에 올라 제가 이 세상에서 유일하게 의

지할 사람이 호리키라는 사실을 절감하니 왠지 등골이 오싹해지는 듯한 처참한 기분에 휩싸였습니다.

호리키는 집에 있었습니다. 더러운 골목 안쪽의 이층집으로 호리키는 2층에 하나밖에 없는 다다미 여섯 장짜리 방을 쓰고 있었고, 아래층에서는 호리키의 노부모와 젊은 직공 세 사람이 게타下駄(나막신) 끈을 꿰매거나 박고 있었습니다.

호리키는 그날 도시 사람으로서의 새로운 면모를 저에게 보여주었습니다. 흔히 말하는 깍쟁이 기질이었습니다. 시골 뜨기인 제가 아연해져서 눈을 크게 뜰 만큼 차갑고 교활한 이기주의였습니다. 저처럼 그저 끝도 없이 흘러가는 그런 사내가 아니었던 것입니다.

"너한테는 정말 질렸다. 아버님께 허락은 받고 온 거야? 아니지?"

도망쳤다고는 할 수 없었습니다.

저는 여느 때처럼 우물우물 얼버무렸습니다. 호리키가 금방 알아차릴 것이 뻔한데도 말입니다.

"어떻게 되겠지."

"야, 웃을 일이 아니야. 충고하겠는데 바보짓은 이쯤에서 그만둬. 오늘은 내가 볼일이 있어서 나가 봐야 해. 요즘 공연히 바빠서 말이야."

"볼일이라니, 뭔데?"

"야, 야. 방석 실 좀 끊지 마."

저는 얘기를 하면서 제가 깔고 앉은 방석의 시침 실이라고 하는 건지 마감 실이라고 하는 건지 술처럼 생긴 귀퉁이의 실뭉치 중 실 하나를 무의식적으로 손가락으로 갖고 놀면서 쭉쭉 잡아당기고 있었습니다. 그런데 호리키는 자기네 집 물건이라면 방석 실 하나도 아까운지 겸연쩍은 기색도 없이 그야말로 눈에 쌍심지를 켜고 저를 나무라는 것이었습니다. 생각해보니 호리키는 지금까지 저하고 교제하면서 무엇 하나 손해 본 것이 없었습니다.

호리키의 노모가 단팥죽 두 그릇을 쟁반에 담아 들고 왔습니다.

"어, 이런."

호리키는 진짜 효자처럼 노모를 보고 진심으로 송구해하며 말투도 부자연스러울 정도로 정중했습니다.

"죄송해요. 단팥죽입니까? 이야, 굉장하군. 이렇게 신경 쓰지 않으셔도 되는데, 볼일이 있어서 금방 나가 봐야 되거든요. 아뇨, 그래도 모처럼 어머니의 자랑인 단팥죽을 쑤셨는데, 황송합니다. 잘 먹겠습니다. 너도 먹어. 어때? 우리 어머니가 일부러 만드신 거라고. 야, 정말 맛있다. 굉장해."

꼭 연기만도 아닌 듯 정말로 기뻐하면서 맛있게 먹는 것이었습니다. 저도 그것을 훌쩍거려보았습니다만, 솔직히 팥이 적어서 싱거웠고, 새알심을 먹어보니 새알심이 아닌 정체를 알 수 없는 물체였습니다.

가난 자체를 경멸하는 것은 결코 아닙니다. (그때 저는 그것이 맛없다고는 생각하지 않았고 노모의 성의에도 깊은 감동을 받았습니다. 저한테는 가난에 대한 공포심은 있어도 경멸심은 없다고 생각합니다.) 단팥죽과 그 단팥죽을 기꺼워하는 호리키에 의해 저는 도시 사람들의 검소한 본성, 또 안과 밖을 철저히 구분하며 사는 도쿄 사람들의 실체를 볼 수 있었습니다. 안과 밖의 차이도 없이 그저 인간의 삶에서 끊임없이 도망쳐다니기만 하는 바보 멍청이인 저만 완전히 뒤처져서 호리키한테조차 버려진 것 같은 느낌에 당황했고, 칠이 벗겨진 젓가락을 움직이면서 견딜 수 없는 쓸쓸함을 맛보았다는 사실을 기록해두고 싶을 뿐입니다.

"미안하지만 오늘은 볼일이 있어서 말이야."

호리키가 일어서서 외투를 걸치며 말했습니다.

"먼저 실례할게."

그때 호리키한테 여자 방문객이 찾아왔고, 제 운명도 급전했습니다.

호리키는 갑자기 활기를 띠며 말했습니다.

"아, 죄송합니다. 지금 막 찾아뵈려고 했는데 이 친구가 갑자기 찾아와서. 아니, 상관없습니다. 자, 들어오시죠."

호리키는 어지간히 당황했는지, 제가 깔고 앉았던 방석을 뒤집어서 내밀었더니 그것을 빼앗아 다시 뒤집어서 그 여자한테 권하는 것이었습니다. 그 방에는 호리키의 방석 외에 손님용 방석은 그거 한 장밖에 없었습니다.

여자는 마르고 키가 큰 사람이었습니다. 그 여자는 방석을 옆으로 밀어놓고 문에 가까운 한쪽 구석에 앉았습니다.

저는 멍하니 두 사람의 대화를 들었습니다. 여자는 잡지사 사람인 듯했으며, 호리키한테 삽화인지 뭔지 부탁해둔 것이 있어서 그것을 받으러 온 듯했습니다.

"마감이 좀 빠듯해서요."

"다 되었습니다. 벌써 다 되었어요. 이겁니다, 자."

그때 전보가 왔습니다.

잔뜩 들떠 있던 호리키의 얼굴이 전보를 읽더니 금방 험악해졌습니다.

"쳇! 너, 이거 도대체 어떻게 된 거야?"

넙치한테서 온 전보였습니다.

"어쨌든 당장 돌아가 줘. 내가 널 바래다주면 좋겠지만 지금

나에겐 그럴 시간이 없다. 가출한 주제에 태평스러운 얼굴이
라니."

"댁이 어느 쪽이신데요?"

"오쿠보입니다."

무심코 대답하고 말았습니다.

"그러면 회사 근처니까."

여자는 고슈甲州 태생으로 스물여덟 살이었습니다. 다섯
살짜리 계집아이와 고엔지高円寺에 있는 아파트에서 살고 있
고 남편과 사별한 지 3년째라고 했습니다.

"고생을 참 많이 하고 자랐나 봐요? 눈치가 빠른 걸 보니.
가엾게도."

처음으로 남첩男妾(정부情夫로서 여자가 먹여 살리는 놈팡이—옮긴
이) 같은 삶을 살았습니다. 시즈코(그 여자의 이름이었습니다)가
신주쿠에 있는 잡지사에 일하러 가면 저는 시게코라는 다섯
살짜리 계집아이와 둘이서 얌전하게 집을 지켰습니다. 그때
까지 시게코는 어머니가 집을 비울 때면 아파트 관리인의
방에서 놀았던 것 같습니다만, '눈치 빠른' 아저씨가 놀이 상
대로 나타나서 무척이나 신이 난 모습이었습니다.

저는 일주일가량 멍하니 거기에 있었습니다. 아파트 창문

바로 앞에 있는 전깃줄에 무가武家의 하인이 팔을 벌린 모습을 본뜬 연이 하나 걸려 있었는데 먼지 바람에 날리고 찢기면서도 집요하게 전깃줄에 매달려서 떨어지지 않고 고개를 끄덕이곤 해서 저는 그것을 볼 때마다 쓴웃음이 나면서 얼굴이 붉어졌고 꿈에서까지 보게 되어 가위에 눌리기도 했습니다.

"돈이 필요해."

"……얼마나?"

"많이…… 돈이 떨어지면 정도 떨어진다는 말이 진짜더라고."

"말도 안 돼. 그런 고루한……."

"그래? 그러나 당신은 몰라. 이대로 가다간 나 도망치게 될지도 모른다고."

"도대체 누가 더 가난한데? 그리고 누가 도망치는데? 이상하네."

"내가 번 돈으로 술, 아니, 담배를 사고 싶어. 그림도 내가 호리키보다는 훨씬 더 잘 그린다고 생각해."

그럴 때마다 제 뇌리에 저절로 떠오른 것은 중학교 시절에 그렸던, 다케이치가 '도깨비 그림'이라고 했던, 몇 장의 자화상이었습니다. 잃어버린 걸작. 몇 번 이사 다니는 사이에 잃어버리고 말았지만, 그것만은 분명히 뛰어난 그림이었다는 생각이 들었습니다. 그 후 다양한 그림을 그려봤지만

111

제 번째 수기

그 기억 속의 걸작에는 미치지 못했고, 저는 언제나 가슴이 텅 빈 듯한 느른한 상실감에 괴로워했습니다.

마시다 만 한 잔의 압생트(도수가 45~70도에 이르는 강렬한 녹색 빛의 양주—옮긴이).

저는 영원히 보상받지 못할 것 같은 상실감을 남몰래 그렇게 형용하고 있었습니다. 그림 얘기가 나오자 제 눈앞에 그 마시다 만 한 잔의 압생트가 아른거렸습니다. 아아, 그 그림을 이 사람한테 보여주고 싶다. 그렇게 나의 그림 재능을 믿게 하고 싶다는 초조감에 몸부림쳤습니다.

"후후, 글쎄 어떨까? 당신은 진지한 얼굴로 농담하는 모습이 참 귀여워."

농담이 아니다. 진심이다. 아아, 그 그림을 보여주고 싶다는 헛된 번뇌에 괴로워하다가 생각을 바꾸고 체념한 채 말했습니다.

"만화 말이야. 적어도 만화라면 호리키보다 내가 훨씬 더 잘 그린다고 생각해."

이렇게 얼버무리는 익살 쪽이 오히려 진지하게 받아들여졌습니다.

"맞아. 실은 나도 감탄했어. 시게코한테 늘 그려주는 만화 말이야. 나도 모르게 웃음이 터진다니까. 한번 해보면 어떨까? 우리 회사 편집장한테 부탁해볼게."

그 회사는 어린이를 상대로 별로 이름 없는 월간 잡지를 발행하고 있었습니다.

"……당신을 보면, 대부분의 여자들은 뭔가를 해주고 싶어서 견딜 수 없어져. ……언제나 쭈뼛쭈뼛 겁먹은 고양이 같은 모습을 하고 있으면서도 유머러스하고. ……이따금 혼자서 잔뜩 침울해져 있으면 그 모습이 더 여자의 마음을 흔들거든."

그 밖에도 시즈코한테서 여러 애기를 듣고 붕 뜨기도 했지만, 그게 즉 남첩의 추잡스러운 특질이라고 생각하면 그 때문에 더 '침울해질' 뿐 도통 기운이 나지 않았습니다. 여자보다는 돈. 어쨌든 시즈코를 떠나 자립하고 싶다고 혼자 생각하며 이런저런 궁리를 해봤지만 오히려 점점 더 시즈코한테 기댈 수밖에 없는 처지가 되었고, 가출의 뒤처리라든가 이런저런 일 거의 전부를 이 고슈 여장부에게 신세를 지고 있는 한 저는 시즈코에게 시쳇말로 '설설 길 수밖에' 없게 되었던 것입니다.

시즈코의 주선으로 넙치, 호리키, 그리고 시즈코 이렇게 세 사람의 회담이 성사되었습니다. 그 결과 저는 고향에서 완전히 절연당하는 대신 시즈코와 '떳떳하게' 동거하게 되

있습니다. 또 시즈코가 애써준 덕분에 제 만화도 예상외로 돈이 되어서 그 돈으로 술과 담배도 살 수 있었습니다만, 저의 불안과 울적함은 점점 더 심해질 뿐이었습니다. 그야말로 '침울해지고 또 침울해져서' 시즈코네 잡지에 매달 연재하는 〈긴타 씨와 오타 씨의 모험〉을 그리고 있노라면 문득 고향 집이 생각나면서 너무 서글픈 나머지 펜이 움직이지 않아서 고개를 숙이고 눈물을 떨구기도 했습니다.

그럴 때 저에게 미미하게나마 구원이 되는 것은 시게코였습니다. 그 무렵 시게코는 저를 아무 거리낌 없이 '아빠'라고 불렀습니다.

"아빠, 기도하면 하느님이 뭐든지 들어주신다는 게 정말이야?"

저야말로 기도하고 싶은 심정이었습니다.

아아, 저에게 냉철한 의지를 주소서. '인간'의 본질을 알게 해주소서. 사람이 사람을 밀쳐내도 죄가 되지 않는지요? 저에게 분노의 표정을 주소서.

"응, 그래. 시게코의 기도라면 뭐든지 들어주시겠지만, 아빠는 안 될지도 몰라."

저는 하느님조차 두려워하고 있었습니다. 하느님의 사랑은 믿지 못하고 하느님의 벌만을 믿었던 것입니다. 신앙, 그것은 단지 하느님의 채찍을 받기 위해 고개를 떨구고 심판

대로 향하는 일로 느껴졌습니다. 지옥은 믿을 수 있었지만, 천국의 존재는 아무래도 믿을 수가 없었습니다.

"왜 안 돼?"

"부모님 말씀을 안 들었거든."

"그래? 아빠는 아주 좋은 사람이라고 다들 말하던데."

그건 속고 있기 때문이다. 이 아파트 사람들 전부가 나한테 호의를 갖고 있다는 건 나도 안다. 그러나 내가 얼마나 모두를 무서워하는지, 무서워하면 무서워할수록 남들은 나를 좋아해주고 남들이 나를 좋아해줄수록 나는 두려워지고 모두한테서 멀어져야만 하는, 이 불행한 병벽病癖을 시게코한테 설명하는 것은 어려운 일이었습니다.

"시게코는 하느님한테 뭘 부탁하고 싶은데?"

저는 아무렇지도 않은 듯 화제를 돌렸습니다.

"시게코는 말이야, 진짜 아빠가 갖고 싶어."

심장이 쿵 내려앉으면서 아찔하게 현기증이 일었습니다. 적敵, 내가 시게코의 적인지, 시게코가 나의 적인지. 어쨌든 여기에도 나를 위협하는 끔찍한 인간이 있었구나. 타인. 이해할 수 없는 타인. 비밀투성이인 타인. 시게코의 얼굴이 갑자기 그렇게 보이기 시작했습니다.

'시게코만은'이라고 생각하고 있었는데 역시 이 아이도

'느닷없이 쇠파리를 쳐서 죽이는 소꼬리'를 가지고 있었던 것입니다. 그 뒤로 저는 시게코한테조차 쭈뼛거리지 않을 수 없게 되었습니다.

"색마! 있나?"

호리키가 다시 저를 찾아오기 시작했습니다. 가출했던 날 저를 그렇게나 쓸쓸하게 만들었던 사내인데도 저는 거절하지 못하고 보일 듯 말 듯 웃으면서 맞이했습니다.

"네 만화가 제법 인기가 좋다면서? 아마추어한테는 하룻 강아지 범 무서운 줄 모르는 만용이 있으니 당해낼 재간이 없군. 하지만 방심하지 말라고. 데생이 전혀 돼먹지 않았으니까."

스승 같은 태도까지 보이는 것이었습니다. 내가 그린 '도깨비 그림'을 이 녀석한테 보여주면 어떤 얼굴을 할까 하고 예의 헛된 몸부림을 쳤습니다.

"그 얘기만은 하지 마. 꽥 하고 비명이 나오려고 하니까."

호리키는 더욱더 의기양양해졌습니다.

"처세술의 재능만 믿다가는 언젠가 꼬리가 잡힐걸?"

처세술의 재능? 정말이지 쓴웃음을 짓지 않을 수 없었습니다. 나에게 처세술의 재능이라. 저처럼 인간을 두려워하고, 피하고, 속이는 것은 "건드리지 않으면 해는 입지 않는다."는 속담처럼 영리하고 교활한 처세술을 따르며 받드는 것과 같은 형태라는 말인가요? 아아, 인간은 서로를 전혀 모릅니다. 완전히 잘못 알고 있으면서도 둘도 없는 친구라고 평생 믿고 지내다가 그 사실을 알아차리지 못한 채 상대방이 죽으면 울면서 조사弔詞 따위를 읽는 건 아닐까요?

아무튼 호리키는, 시즈코에게 부탁을 받고 마지못해서 떠맡은 게 틀림없습니다만, 제 가출에 대한 뒤처리를 해주었다고 해서 자기가 제 갱생의 은인 아니면 중매쟁이나 되는 것처럼 굴었습니다. 거들먹거리면서 저한테 설교 비슷한 얘기를 하기도 하고, 한밤중에 취해서 와서는 자고 가기도 하고, 또 5엔(언제나 5엔이었습니다)을 빌려가곤 하는 것이었습니다.

"그나저나 너도 이쯤에서 계집질은 끝내야지? 더는 세상이 용납하지 않을 테니까."

세상이란 게 대체 뭘까요? 복수複數의 인간이 사는 곳일까요? 그 세상이란 것의 실체는 어디에 있을까요? 그것이 강하고 준엄하고 무서운 것이라고만 생각하면서 여태껏 살아왔습니다만, 호리키가 그렇게 말하자 불현듯 '세상이라는 게 실은 너 아니야?'라는 말이 혀끝까지 나왔습니다. 하지만 호리키를 화나게 하는 것이 싫어서 도로 삼켰습니다.

"그건 세상이 용납하지 않아."

'세상이 아니야. 네가 용납하지 않는 거겠지.'

"그런 짓을 하면 세상이 그냥 두지 않아."

'세상이 아니야. 너겠지.'

"이제 곧 세상에서 매장당할 거야."

'세상이 아니라 네가 날 매장하는 거겠지.'

너는 너란 개인의 무서움, 기괴함, 악랄함, 능청스러움, 요사스러움을 알아야 해! 따위로 갖가지 말이 가슴속에서 교차했습니다만, 저는 다만 얼굴에 흐르는 땀을 손수건으로 닦으면서 "진땀이 나네, 진땀이 나."라며 웃을 뿐이었습니다.

하지만 그때 이후로 저는 '세상이란 개인이 아닐까.'라는 사상 비슷한 것을 갖게 되었습니다.

그렇게 세상이라는 것은 개인이 아닐까 하고 생각하기 시작하면서 저는 그 이전보다는 조금 더 제 의지대로 움직일 수 있게 되었습니다. 시즈코의 말을 빌리자면 조금 멋대로 굴게 되었고 쭈뼛거리며 겁을 내지 않게 되었습니다. 또 호리키의 말을 빌리자면 이상하게 인색해졌습니다. 또 시게코의 말을 빌리자면 시게코를 별로 귀여워하지 않게 되었습니다.

말도 안 하고 웃지도 않고 매일매일 시게코를 돌보면서 〈긴타 씨와 오타 씨의 모험〉이라든가 〈천하태평 아빠〉의 아류가 분명한 〈태평 스님〉이라든가 또 〈성질 급한 핀〉이라는, 저 자신도 뭐가 뭔지 모르고 되는대로 제목을 붙인 연재만화 따위를 각 회사의 주문(시즈코네 회사가 아닌 곳에서도 드문드문 주문이 들어오기 시작했습니다만 모두 시즈코네 회사보다도 더 천박한, 말하자면 삼류 출판사들뿐이었습니다)에 응하면서 정말이지 실로 음울한 기분으로 느릿느릿(저의 만화 그리는 속도는 정말 느린 편이었습니다) 그리게 되었습니다. 이제는 그저 술값이 필요해서 붓을 움직였고, 시즈코가 회사에서 돌아오면 휑하니 밖으로 나가 고엔지 역 근처의 포장마차나 스탠드바에서 싸고 독한 술을 마시고 조금 명랑해져서 아파트로 돌아오곤 했습니다.

"보면 볼수록 이상한 얼굴이란 말이야. 태평 스님의 얼굴은 실은 당신의 잠든 얼굴에서 힌트를 얻었어."

"당신의 잠잘 때 얼굴도 꽤 늙었답니다. 마흔은 된 남자 같아."

"당신 탓이야. 정기를 빼앗긴 거지. 강물의 흐름과 사람의 신세여. 무엇을 끙끙 앓고 있는가, 강가의 버드나무는."

"시끄럽게 굴지 말고 어서 자요. 아니면 식사할래요?"

침착하게 전혀 상대해주지 않았습니다.

"술이라면 마시지. 강물의 흐름과 사람의 신세는. 사람의 흐름과, 아니, 강물의 흐으으름과 강물의 신세에는."

노래하면서 시즈코가 옷을 벗겨주고 저는 시즈코의 가슴에 이마를 대고 잠드는 것이 일상이었습니다.

　그렇게 다음 날도 같은 하루를 되풀이하니
　어제와 다름없는 관례를 따를 뿐이다
　크고 격렬한 기쁨을 피하기만 한다면
　거대한 슬픔 또한 찾아오지 않으니
　자기 앞길을 가로막는 돌을
　두꺼비는 그저 돌아서 지나간다

　　우에다 빈上田敏이 번역한 기 샤를 크로Guy Charles Cros (1879~1956. 프랑스의 시인. 현실의 고뇌를 섬세한 감수성으로 감싸 안으며 순수한 삶의 아름다움을 질서와 조화의 시로 노래했다. 저서로《소리와 침묵》등이 있다—옮긴이)인가 하는 사람의 이 시구를 발견했을 때 저는 혼자 얼굴에서 불이 나는 것처럼 빨개졌습니다.

　　두꺼비.

　　'그게 나야. 세상이 용납할 것도 용납하지 않을 것도 없지. 매장이고 뭐고 할 것도 없어. 나는 개나 고양이보다도 열등한 동물인 거야. 두꺼비. 느릿느릿 움직이고 있을 뿐이야.'

　　저의 주량은 점차 늘기 시작했습니다. 고엔지 역 부근뿐만 아니라 신주쿠, 긴자 방면까지 나가서 마셨고, 외박까지

할 때도 있었고, 그저 더는 '관례'에 따르지 않으려고 바에서 무뢰한 흉내를 내거나 한쪽 구석에서 키스를 하기도 했습니다. 즉 또다시 그 정사 이전의, 아니, 그때보다 더 거칠고 야비한 술꾼이 되었고, 돈에 쪼들려서 시즈코의 옷가지를 들고 나가 전당포에 잡히는 지경에 이르렀습니다.

이곳에 와서 찢어진 연을 보고 쓴웃음을 지은 지 1년이 더 지나 벚나무 잎사귀가 나올 때쯤, 저는 또 시즈코의 오비랑 속옷 따위를 몰래 들고 나가 전당포에 가서 돈으로 바꿔서는 긴자에서 술을 마시고 이틀 밤을 연달아 외박했습니다. 사흘째 되던 날 밤, 아무리 뻔뻔한 저라도 불편한 마음에 나도 모르게 발소리를 죽이고 시즈코의 방 앞에 다다르니 안에서 시즈코와 시게코의 이야기 소리가 들렸습니다.

"왜 술을 마시는 거야?"

"아빠는 말이야, 술이 좋아서 마시는 게 아니에요. 너무 착한 사람이라, 그래서……."

"착한 사람은 술 마시는 거야?"

"꼭 그런 건 아니지만……."

"아빠 분명 깜짝 놀랄 거야."

"싫어하실지도 몰라. 어머, 어머. 상자에서 뛰어나왔네."

"성질 급한 편 같아."

"그렇네."

정말로 행복해 보이는 시즈코의 나지막한 웃음소리가 들렸습니다.

문을 빼꼼히 열고 안을 들여다보니 하얀 새끼 토끼가 보였습니다. 깡충깡충 온 방 안을 뛰어다니는 새끼 토끼를 모녀가 쫓아다니고 있었습니다.

'행복한 거야, 이 사람들은. 나 같은 멍청이가 이 두 사람 사이에 끼어들었으니 이제 곧 두 사람을 망쳐놓을 거야. 소박한 행복, 착한 모녀에게 행복을. 아아, 만일 하느님께서 나 같은 놈의 기도라도 들어주신다면⋯⋯. 한 번만이라도, 평생에 단 한 번만이라도 좋아. 기도해야지.'

그 자리에 쪼그리고 앉아 합장하고 싶은 마음이었습니다. 저는 살그머니 문을 닫고 다시 긴자로 가서 다시는 그 아파트로 돌아가지 않았습니다.

그렇게 저는 교바시京橋 근처에 있는 스탠드바의 2층에서 또다시 남첩 같은 처지로 지내게 되었습니다.

세상. 저도 그럭저럭 그것을 희미하게 알게 된 것 같은 기분이었습니다.

세상이란 개인과 개인의 투쟁이고, 그 자리의 투쟁이며, 그 자리에서 이기면 된다. 인간은 결코 인간에게 복종하지 않는다. 노예조차 노예다운 비굴한 보복을 하기 마련이다. 그러니까 인간은 오로지 그 자리에서 한판 승부에 모든 것을 걸지 않으면 살아남을 방법이 없는 것이다. 그럴싸한 대의명분 비슷한 것을 늘어놓지만, 노력의 목표는 언제나 개인. 개인을 넘어 또다시 개인. 세상의 난해함은 개인의 난해함.

대양大洋은 세상이 아니라 개인이라며 세상이라는 넓은 바다의 환영에 겁먹는 데서 다소 해방되어 예전만큼 이것저것 한도 끝도 없이 신경 쓰는 일은 그만두고, 말하자면 필요에 따라 얼마간은 뻔뻔하게 행동할 줄 알게 된 것입니다.

고엔지의 아파트를 버리고 교바시의 스탠드바 마담에게는 "헤어졌어."라고 말하는 것으로 충분했습니다. 즉 제 한판 승부는 결판이 나서 그날 밤부터 저는 엉뚱하게도 그곳 2층에서 살게 된 것입니다. 그러나 무서워야 할 '세상'은 저한테 아무런 위해도 가하지 않았고, 또 저도 '세상'에 아무런 변명도 하지 않았습니다. 마담이 그럴 생각이었으면 그것으로 되었던 것입니다.

저는 그 가게의 손님 같기도 하고, 서방 같기도 하고, 심부름꾼 같기도 하고, 친척 같기도 한, 남들이 보면 도통 정체를 알 수 없는 존재였을 텐데도 '세상'은 전혀 이상하게 생각하지 않았습니다. 오히려 그 가게 단골손님들은 저를 요조, 요

조 하고 부르면서 무척 다정하게 대해줬고 술까지 마시게 해
주었습니다.

저는 점차 세상을 조심하지 않게 되었습니다. 세상이라는
곳이 그렇게 무서운 곳은 아니라고까지 생각하게 되었습니
다. 즉 여태까지 제가 느낀 공포란, 봄바람에는 백일해를 일
으키는 세균이 몇십만 마리 있고, 대중목욕탕에는 눈을 멀
게 하는 세균이 몇십만 마리 있고, 이발소에는 대머리로 만
드는 세균이 몇십만 마리 있고, 전차 손잡이에는 옴벌레가
우글우글하고, 또 생선회와 덜 익힌 소고기와 돼지고기에는
조충의 유충이나 디스토마나 뭔가의 알 따위가 반드시 숨어
있고, 맨발로 걸으면 발바닥에 작은 유리 파편이 박혀서 그
게 온몸을 돌아다니다가 눈알을 찔러서 실명하는 일도 있다
는 등의 소위 '과학적 미신'에 겁먹는 것이나 다름없는 얘기
였던 겁니다.

물론 몇십만 마리나 되는 세균이 우글거리며 돌아다니고
있다는 것은 '과학적'으로 정확한 사실이겠죠. 그러나 동시
에 그 존재를 완전히 무시해버리면 그것은 저와 전혀 상관
없는, 금방 사라져버리는 '과학의 유령'에 지나지 않는다는
사실을 저는 알게 되었던 것입니다.

도시락에 먹다 남긴 밥알 세 톨, 천만 명이 하루에 세 톨씩

만 먹다 남겨도 쌀 몇 섬을 쓸데없이 버리게 된다든가, 혹은 천만 명이 하루에 휴지 한 장 절약하기를 실천하면 펄프가 얼마만큼 절약된다는 따위의 '과학적 통계' 때문에 제가 지금까지 얼마나 위협을 느꼈는지. 밥알 한 톨을 남길 때마다 또 코를 풀 때마다 산더미 같은 쌀과 산더미 같은 펄프를 낭비하는 듯한 착각 때문에 얼마나 괴로워하고 큰 죄를 짓는 것처럼 죄의식에 사로잡혀야 했는지.

그러나 그것이야말로 '과학의 거짓', '통계의 거짓', '수학의 거짓'입니다.

천만 명이 남긴 밥알 세 톨을 정말로 모을 수 있는 것도 아니고, 곱셈 또는 나눗셈의 응용문제라고 해도 정말이지 원시적이고 저능한 테마로서 사람들은 전등을 켜지 않은 어두운 화장실에서 몇 번에 한 번쯤 발을 헛디뎌 변기 구멍 속으로 빠질까, 혹은 승객 중 몇 명이 전차 문과 플랫폼 사이의 틈새에 발을 빠뜨릴까, 그런 확률을 계산하는 것만큼 황당한 일입니다. 그런 일은 정말 있을 법하지만 제대로 발을 걸치지 못해서 변기 구멍에 빠져 다쳤다는 얘기는 들은 적도 없고, 그런 가설을 '과학적 사실'이라 배우고 진짜 현실로 받아들여서 두려워하던 어제까지의 저 자신이 애처로워서 웃고 싶어질 만큼 저도 세상이라는 것의 실체를 조금은 알게 되었습니다.

　말은 이렇게 하지만 저는 역시 인간이라는 것이 여전히 무서워서 가게 손님들을 만나려면 술을 한 잔 벌컥 마시지 않고는 안 되었습니다. 무서운 것을 봤어. 그래도 저는 매일 밤 가게에 나가서, 어린아이가 두려움을 느낄 때 손안의 작은 동물을 오히려 더 꽉 움켜쥐듯이, 술에 취해 가게 손님들에게 유치한 예술론을 펼칠 정도가 되었습니다.

　만화가. 아아, 그러나 나는 큰 기쁨도 큰 슬픔도 못 느끼는 무명의 만화가. 나중에 아무리 큰 슬픔이 찾아올지라도 상관없다. 거칠고 큰 기쁨을 맛보고 싶다고 내심 초조해하고 있었지만, 당시 제 기쁨은 고작 손님과 잡담이나 나누고 손님한테서 술을 얻어 마시는 것뿐이었습니다.

　교바시로 와서 이런 구질구질한 생활을 1년 가까이 계속하고, 아동 잡지뿐 아니라 역에서 파는 조악하고 음란한 잡지 같은 데까지 만화를 싣게 된 저는 '조시 이키타上司幾太'(일본어로 '정사情死, 살았다'와 발음이 같다—옮긴이)라는 실없기 짝이 없는 필명으로 추잡한 나체화 따위를 그리고는 거기에 대개 《루바이야트Rubaiyut》(페르시아의 시인 오마르 하이얌Omar Khayyam의 4행시 시집으로 술과 미녀와 장미를 칭송한 감미롭고 우수에 찬 시들로 구성되어 있다—옮긴이)의 시구를 삽입했습니다.

쓸데없는 기도 따위는 그만둬
눈물짓게 하는 것 따위는 던져버려
그래! 한잔하자, 좋은 일만 떠올리고
쓸데없는 배려 따위는 잊어버려

불안과 공포 따위로 사람을 겁먹게 하는 놈들은
자신이 저지른 끔찍한 죄가 두려워서
죽은 자의 복수에 대비하려고
머릿속에서 끊임없이 계략을 꾸민다

불러라, 술이 넘치니 내 가슴도 기쁨으로 충만하고
오늘 아침 깨어나니 그저 황량하기만 하네
기이하구나, 하룻밤 사이에
달라진 이 기분이라니

뒤탈 따위 생각하는 건 그만둬
멀리서 울리는 북소리처럼
왠지 그 녀석은 불안하다
방귀 뀐 것까지 일일이 죄로 친다면 어찌 살까

정의가 인생의 지침이라고?
그렇다면 피로 범벅된 전쟁터에
암살자의 칼끝에

무슨 정의가 깃들어 있다는 말인가?

어디에 가르침의 원리가 있는가?
무슨 예지의 빛이 있는가?
아름답고도 끔찍한 것은 이 세상이니
나약한 인간의 자식은 짊어질 수 없을 만큼의 짐을 짊어진다

어떻게도 할 수 없는 정욕의 씨앗이 심어진 탓에
선이다 악이다 죄다 벌이다 하며 저주받을 뿐
어쩌지도 못하고 그저 갈팡질팡할 뿐
눌러 꺾을 힘도 의지도 접지받지 못한 탓에

어디를 어떻게 방황하고 있었는가
뭐? 비판, 검토, 재인식?
흥! 헛된 꿈을, 있지도 않은 환영을
에헴, 술을 잊었다니 모두 헛된 생각

어때, 이 한도 끝도 없는 하늘을 보라
그 가운데 외따로이 떠 있는 점이로다
이 지구가 왜 자전하는지 알 게 뭐냐
자전이든 공전이든 반전이든 마음대로 하라지

모든 곳에서 지고한 힘을 느끼고

모든 나라, 모든 민족에게서
동일한 인간성을 발견하는
나는 이단자인가

모두 성경을 잘못 읽고 있다고
아니면 상식도 지혜도 없다고
살아 있는 육신의 기쁨을 금하거나 술을 끊거나
됐어요, 무스타파. 나 그런 거 너무 싫어

그런데 그 무렵 저에게 술을 끊으라고 권하는 아가씨가 있었습니다.

"안 돼요. 매일 대낮부터 취해 계시면."

바 건너편에 있는 작은 담배 가게의 열일고여덟 살쯤 된 아가씨였습니다. 사람들에게 요시코라고 불리는, 피부가 하얗고 덧니가 있는 아이였습니다. 그 아이는 제가 담배를 사러 갈 때마다 웃으면서 충고를 하곤 했습니다.

"왜 안 돼? 뭐가 나쁜데? '인간의 자식이여, 술을 실컷 마시고 증오를 없애라, 없애라, 없애.'라는 페르시아의 옛 격언도 있어. 이제 그만해. 슬프고 지친 가슴에 희망을 가져다주는 것은 오로지 만취로 이끄는 옥배뿐이라고. 알겠어?"

"모르겠어요."

"이 녀석, 키스한다?"

"해줘요."

겁을 내기는커녕 아랫입술을 내미는 것이었습니다.

"이런 바보. 정조 관념이……."

그러나 요시코의 표정에서는 분명 누구한테도 더럽혀지지 않은 숫처녀의 냄새가 났습니다.

새해가 되고 혹한의 어느 날 밤, 저는 취한 채 담배를 사러 가다가 담배 가게 앞 맨홀에 빠졌습니다. "요시코, 살려줘!" 하고 소리쳤더니 요시코가 저를 끌어내 오른쪽 팔에 입은 상처를 치료해줬습니다. 그때 요시코는 차분하게 "너무 많이 마시네요."라고 웃지도 않고 말했습니다.

저는 죽는 것은 아무렇지도 않았지만 다쳐서 피가 나고 불구자가 되는 것은 절대 사절이었기 때문에 요시코한테 치료를 받으면서 이젠 술을 끊을까 하고 진지하게 생각했습니다.

"끊겠어. 내일부터 한 방울도 마시지 않을 거야."

"정말이요?"

"꼭 끊을 거야. 끊으면 말이야, 요시코. 내 각시가 돼줄래?"

각시 얘기는 농담이었습니다.

"물이죠."

물이란 '물론'의 줄임말입니다. 모보('모던 보이'의 줄임말—옮긴이)라느니 모가('모던 걸'의 줄임말—옮긴이)라느니, 당시에는 여러 가지 줄임말이 유행했습니다.

"좋아. 새끼손가락을 걸고 약속하자. 꼭 끊을게."

그리고 다음 날, 저는 또 대낮부터 술을 마셨습니다.

저녁나절 비틀비틀 밖으로 나가 요시코네 가게 앞에 서서 외쳤습니다.

"요시코, 미안. 마시고 말았어."

"어머나, 뭐 하는 거죠? 술 취한 척하고."

덜컥했습니다. 술기운이 확 달아나는 것 같았습니다.

"아니, 정말이야. 정말 마셨다고. 취한 척하는 게 아니야."

"놀리지 마세요. 못됐어."

의심조차 하지 않는 것이었습니다.

"보면 알 텐데 말이야. 오늘도 대낮부터 마셨어. 용서해줘."

"연기도 잘하시네."

"연기가 아니라니까. 바보, 키스할 테야."

"해봐요."

"아니야. 내게는 자격이 없어. 각시가 되어달라고 한 것도 단념할 수밖에. 얼굴을 봐. 빨갛지? 정말로 마셨다니까."

"그야 석양이 비추니까 그렇죠. 날 속이려 해도 안 될걸요? 어제 약속해놓고 오늘 바로 마셨을 리가 없어요. 새끼손가락까지 걸고 약속했잖아요? 술을 마셨다니 거짓말, 거짓말, 거짓말."

어두컴컴한 가게 안에 앉아서 미소 짓고 있는 요시코의 하얀 얼굴. 아아, 더러움을 모르는 처녀성은 숭고하다.

나는 여태껏 나보다 어린 처녀랑 자본 적이 없다. 결혼하자. 그래서 나중에 아무리 큰 슬픔이 닥친다 해도 상관없다. 난폭할 정도로 큰 기쁨이 평생에 단 한 번뿐이라도 상관없다. 처녀성의 아름다움이란 어리석은 시인의 달콤하고 감상적인 환영에 지나지 않는다고 생각하고 있었는데, 이 세상에 정말로 존재하는 것이었구나. 결혼해서 봄이 되면 둘이서 자전거를 타고 아오바靑葉의 폭포를 보러 가야지 하고 그 자리에서 결심하고, 소위 '한판 승부'로 처녀성이라는 요시코의 꽃을 훔치는 데 주저하지 않았습니다.

그렇게 우리는 이윽고 결혼에 이르렀고, 결혼으로 얻은 기쁨이 꼭 크다고는 할 수 없었지만, 그 후에 온 슬픔은 처참하다는 말로도 모자랄 만큼 정말이지 상상을 초월할 정도로 컸습니다. 저에게 '세상'은 역시 바닥을 알 수 없는 끔찍한 곳이었습니다. 그런 한판 승부 따위로 하나부터 열까지 결정되는 손쉬운 곳이 결코 아니었던 것입니다.

2

호리키와 나.

서로 경멸하면서도 교제하고, 그렇게 서로가 스스로를 하찮게 만들어가는 것이 이 세상의 소위 '교우'라는 것이라면, 저와 호리키의 관계도 교우였음은 틀림없습니다.

저는 스탠드바 마담의 의협심(여자의 의협심이라니 기묘한 표현입니다만, 제가 경험한 바로는 적어도 남자보다는 여자가 그 의협심이랄 수 있는 것을 많이 가지고 있었습니다. 남자는 대체로 겁이 많고, 체면만을 중시하고, 인색했습니다)에 호소하여 담배 가게의 요시코를 내연의 아내로 맞을 수 있었고, 쓰키지築地의 스미다가와隅田川 근처에 있는 목조로 된 작은 2층 건물의 1층에 방을 얻어 함께 살게 되었습니다.

술을 끊고 슬슬 저의 고정직이 되기 시작한 만화를 그리는 데 열정을 쏟았고, 저녁 식사 후에는 둘이서 영화도 보러 가고 돌아오는 길에 다방 같은 데도 들르고 또 화분을 사기도 했습니다. 아니, 그보다는 저를 진심으로 믿어주는 이 어린 신부가 하는 말을 듣고 그 행동을 바라보는 것이 즐거워서, 어쩌면 나도 차차 인간다운 존재가 되어서 비참하게 죽지 않게 되는 것은 아닐까 하는 달콤한 생각이 조금씩 가슴속을 따뜻하게 해주기 시작하던 참에 호리키가 다시 제 눈앞에 나타났습니다.

"어이, 색마! 어라? 그래도 좀 철든 얼굴이 됐네? 오늘은 고엔지 여사의 심부름으로 온 건데……."

말하다 말고 갑자기 목소리를 낮추더니 부엌에서 차를 준비하고 있는 요시코 쪽을 턱으로 가리키면서 "괜찮아?" 하고 묻기에 저는 "괜찮아. 무슨 얘기를 해도 상관없어."라고 침착하게 대답해주었습니다.

사실 요시코는 신뢰의 천재라고 부르고 싶을 만큼, 스탠드바 마담과의 관계는 물론 제가 가마쿠라에서 저지른 사건에 대해 말해줘도 쓰네코와의 사이를 의심하지 않았습니다. 그것은 제가 거짓말의 달인이라서가 아니라 때로는 노골적으로 말했는데도 요시코한테는 그것이 전부 농담으로만 들리는 듯했습니다.

"여전히 우쭐거리기는. 뭐, 별 얘기는 아니고 말이야……. 가끔은 고엔지 쪽에도 놀러와달라는 전언이다."

잊을 만하면 괴조怪鳥가 날아와 기억의 상처를 부리로 쪼아 터뜨립니다. 그러면 금방 과거에 지었던 죄와 부끄러운 기억들이 생생하게 눈앞에 펼쳐지면서 "으악!" 하고 소리치고 싶을 만큼의 공포 때문에 가만히 있을 수가 없게 됩니다.

"마실까?"

내가 묻자,

"좋지!"

대답하는 호리키.

저와 호리키. 둘의 겉모습은 닮았습니다. 똑같은 인간으로 느껴질 때조차 있습니다. 물론 그건 여기저기로 싸구려 술을 마시러 다닐 때의 이야기일 뿐입니다만, 어쨌든 둘이 얼굴을 마주하면 금방 똑같은 모습, 같은 수준의 개로 변해서는 눈이 내리는 시가지를 싸돌아다니게 되는 것이었습니다.

그날 이후로 우리는 옛정을 되살린 꼴이 되어 교바시의 작은 바에도 함께 갔고, 끝내는 흠뻑 취한 개 두 마리가 되어 고엔지의 시즈코네 아파트에도 찾아가서 자고 오게끔 되었습니다.

잊히지도 않습니다. 찌는 듯이 무더운 여름밤이었습니다. 호리키가 저녁 무렵 후줄근한 유카타를 입고 쓰키지에 있는 우리 집에 와서는 오늘 그럴 만한 사정이 있어서 여름 양복을 전당포에 잡혔는데 노모가 알면 곤란하다, 빨리 되찾아 오고 싶으니 무조건 돈을 꿔달라는 것이었습니다. 마침 저한테도 돈이 없었기 때문에 여느 때처럼 요시코한테 요시코의 옷을 전당포에 들고 가게 해서 돈을 마련해 호리키에게 빌려주고, 그러고 나서도 돈이 조금 남기에 그 돈으로 요시코한테 소주를 사오게 해서 이따금 스미다가와에서 약하게 불어오는 시궁창 내 나는 바람을 맞으며 아파트 옥상에서 누추하기 그지없는 여름나기 술판을 벌였습니다.

그때 저희는 희극 명사, 비극 명사 맞히기 놀이를 했습니다. 그것은 제가 발명한 놀이로, 명사에는 모두 남성 명사, 여성 명사, 중성 명사 등의 구별이 있는데 그렇다면 희극 명사, 비극 명사의 구별도 있어야 마땅하다. 예컨대 증기선과 기차는 둘 다 비극 명사이고, 전철과 버스는 둘 다 희극 명사다. 왜 그런지를 이해하지 못하는 자는 예술을 논할 자격이 없다. 희극에 하나라도 비극 명사를 삽입하는 극작가는 그것만으로도 낙제. 비극의 경우도 똑같다는 것이었습니다.

"준비됐지? 담배는?"

제가 묻습니다.

"비('비극 명사'의 줄임말)."

호리키가 한마디로 대답합니다.

"약은?"

"가루약이야, 알약이야?"

"주사."

"비."

"그럴까? 호르몬 주사도 있는데 말이야."

"아니야. 단연코 비지. 주삿바늘이라는 게 우선 훌륭한 비 아닌가?"

"좋아. 인정해주지. 그렇지만 너, 약이나 의사는 말이야. 그래 보여도 제법 희('희극 명사'의 줄임말)라고. 죽음은?"

"희. 목사도 스님도 마찬가지고."

"아주 잘했어. 그리고 삶은 비지."

"아니, 그것도 희."

"아니야. 그렇게 되면 모든 게 희가 돼버려. 그럼 하나 더 묻겠는데, 만화가는? 설마하니 희라고 하지는 않겠지?"

"비, 비. 대비극 명사."

"뭐야, 대ㅅ비는 네 쪽이지."

이런 시시껄렁한 익살 같은 것이 되어버리면 재미없습니다만, 우리는 그 놀이가 일찍이 전 세계의 살롱(근세 시대 서유럽의 사교 모임. 주로 귀족인 주최자가 자신의 저택에서 주최한 문예를 중심으로 하는 교류회였다—옮긴이)에 한 번도 존재한 적이 없는 지극히 재치 있는 놀이라고 득의만만해 있었던 것입니다.

그 당시 저는 이와 비슷한 유희를 또 하나 발명했습니다. 그것은 반의어 맞히기였습니다. 검정의 반의어는 하양. 그러나 하양의 반의어는 빨강. 빨강의 반의어는 검정.

"꽃의 반의어는?"

내가 물으면 호리키는 입을 일그러뜨리고 생각하다가 대답했습니다.

"으음, 화월花月이라는 요릿집이 있으니까, 달."

"아니야. 그건 반의어가 아니야. 오히려 동의어지. 별과 제비꽃도 동의어잖아? 반의어가 아니라고."

"알았어. 그럼 꿀벌이다."

"꿀벌?"

"모란에…… 개미던가?"

"뭐야? 그건 모티프라고. 얼렁뚱땅 넘어가려고 하면 안 돼."

"알았다! 꽃에는 떼구름('달에 떼구름, 꽃에는 바람.' 호사다마라는 뜻의 관용적 표현에서 비롯된 말—옮긴이)."

"달에 떼구름이겠지."

"그래, 그래. 꽃에 바람. 바람이다. 꽃의 반의어는 바람."

"졸렬하군. 그건 나니와부시浪花節(의리, 인정 등의 주제를 악기 반주와 함께 노래하는 대중적인 창—옮긴이)의 가사 아니야? 출신을 알만하다."

"아니, 비파다."

"더 아니야. 꽃의 반의어는 말이야…… 이 세상에서 가장 꽃 같지 않은 것, 그것을 들어야지."

"그러니까, 그…… 잠깐만. 뭐야, 여잔가?"

"내친김에 여자의 동의어는?"

"내장."

"넌 참 시를 몰라. 그럼 내장의 반의어는?"

"우유."

"야, 그건 좀 괜찮다. 자, 그런 식으로 또 하나. 부끄러움의 반의어."

"몰염치지. 인기 만화가 조시 이키타."

"호리키 마사오는?"

이쯤 되면 두 사람 다 점점 웃음이 없어지고 소주에 취했을 때처럼 유리 파편이 머리에 가득 찬 것 같은 음산한 기분이 되어가는 것이었습니다.

"건방진 소리 하지 마. 나는 아직 너처럼 오랏줄에 묶이는 치욕 같은 건 겪은 적이 없으니까."

흠칫했습니다. 호리키는 내심 저를 참인간으로 취급하지 않았던 겁니다. 단지 저를 죽어야 할 때를 놓친 쓸모없고 몰염치한 바보의 화신, 말하자면 '살아 있는 시체'로밖에는 생각하지 않았던 겁니다.

호리키에게는 쾌락을 위해 이용할 수 있는 것을 이용하면 그뿐인 '교우'였다고 생각하니 아무리 저라도 기분이 좋을 수는 없었습니다. 그러나 한편으로는 호리키가 저를 그렇게 보는 것도 당연한 것이, 저는 옛날부터 인간으로서의 자격이 없는 어린아이였습니다. 역시 나는 호리키한테조차 경멸받아 마땅한지도 모른다고 생각을 고쳐먹었습니다.

"죄. 죄의 반의어는 뭘까? 이건 어렵다."

저는 아무렇지도 않은 표정을 지으며 말했습니다.

"법이지."

호리키가 태연히 그렇게 대답해서 저는 호리키의 얼굴을 다시 쳐다보았습니다. 가까운 빌딩에서 명멸하는 네온사인의 붉은빛을 받아 호리키의 얼굴은 무서운 형사처럼 위엄 있게 보였습니다. 저는 정말이지 어이가 없어져서 소리쳤습니다.

"야! 죄라는 건 그런 게 아니야."

죄의 반의어가 법이라니! 그러나 세상 사람들은 모두 그 정도로 안이하게 생각하며 시치미를 떼고 살고 있는지도 모릅니다. 형사가 없는 곳에는 죄가 꿈틀거린다며.

"그럼 뭔데? 신이야? 너한테는 어딘지 목사 같은 구석이 있어. 기분 나쁘게."

"자, 자. 그렇게 쉽게 정리하지 말자고. 둘이 좀 더 생각해보자. 하지만 이건 재미있는 테마 아닌가? 이 테마 하나에 대한 대답만으로도 그 사람의 전부를 알 수 있을 것 같은 생각이 드는데."

"설마. ……죄의 반의어는 선. 선량한 시민. 즉 나 같은 사람이지."

"농담은 집어치워. 그러나 선은 악의 반의어야. 죄의 반의어는 아니야."

"악과 죄가 다른가?"

"다르다고 생각해. 선과 악의 개념은 인간이 만든 것에 지나지 않아. 인간이 멋대로 만들어낸 도덕이라는 것에서 규정한 말이지."

"시끄럽긴. 그럼 역시 신이겠지. 신, 신. 뭐든지 신으로 해두면 틀림없어. 아아, 배고파."

"지금 아래층에서 요시코가 콩을 삶고 있어."

"고맙군. 내가 좋아하는 거야."

저는 양손을 머리 뒤에서 깍지를 끼워 베고 벌렁 누웠습니다.

"너는 죄라는 것에 전혀 관심이 없는 것 같아."

"그야 당연하지. 너 같은 죄인이 아니니까. 나는 주색은 즐겨도 여자를 죽게 하거나 여자한테서 돈을 뜯어내지는 않거든."

죽인 게 아니야, 뜯어낸 게 아니야 하고 마음속 어딘가에서 미약한, 그러나 필사적인 항변의 소리가 끓어올랐습니다. 그러나 아니, 내가 나쁜 거라고 금방 다시 생각을 바꿔버리는 이 버릇.

저는 정면으로 맞서서 당당하게 토론을 하는 것이 완전히 쥐약입니다. 소주의 음침한 취기 때문에 시시각각 마음이 험악해지는 것을 간신히 억누르면서 거의 혼잣말처럼 중얼거렸습니다.

"그렇지만 감옥에 가는 일만이 죄는 아니야. 죄의 반의어를 알면 죄의 실체도 파악될 것 같은데. ……하느님, ……구원, ……사랑, ……빛, ……그러나 하느님한테는 사탄이라는 반의어가 있고, 구원의 반의어는 고뇌일 테고, 사랑에는 증오, 빛에는 어둠이라는 반의어가 있고, 선에는 악, 죄와 기도, 죄와 뉘우침, 죄와 고백, 죄와…… 아아, 전부 동의어야. 죄의 반의어는 대체 뭘까?"

"죄의 반의어는 꿀이지(일본어로 죄는 '쓰미', 꿀은 '미쓰'라고 한다—옮긴이). 꿀처럼 달콤하거든. 아아, 배고파. 아무거나 먹을 것 좀 갖고 와."

"네가 갖고 오면 되잖아!"

거의 태어나서 처음이라고 할 만큼 격렬한 분노의 소리가 튀어나왔습니다.

"그래? 그럼 아래층에 가서 요시코 씨하고 둘이 죄를 저지르고 올게. 토론보다 현장 검증. 죄의 반의어는 꿀에 절인

콩. 아니, 삶은 콩이던가?"

저는 거의 혀가 잘 돌아가지 않을 만큼 취해 있었습니다.

"맘대로 해. 어디로든 가버려!"

"죄와 공복空腹, 공복과 콩. 아니, 이건 동의어인가?"

호리키는 돼먹지도 않은 소리를 하면서 일어났습니다.

죄와 벌. 도스토옙스키. 언뜻 이 생각이 머릿속의 한쪽 구석을 스치고 지나가자 아차 싶었습니다. 만일 그 도스토 씨가 죄와 벌을 동의어로 생각한 것이 아니라 반의어로 늘어놓은 것이었다면? 죄와 벌, 절대 상통할 수 없는 것. 얼음과 숯처럼 융화되지 않는 것. 죄와 벌을 반의어로 생각한 도스토의 해캄, 썩은 연못, 난마亂麻의 밑바닥······ 아아, 알 것 같다. 아니야, 아직······ 하며 머릿속에서 주마등이 빙글빙글 돌고 있을 때였습니다.

"야! 굉장한 누에콩이야. 이리 좀 와봐!"

호리키의 목소리와 안색이 변해 있었습니다. 방금 비트적비트적 일어나서 아래층으로 내려가자마자 되돌아온 것입니다.

"뭔데?"

이상하게 살기등등해진 우리 둘은 옥상에서 2층으로 내려갔습니다. 2층에서 다시 아래층의 제 방으로 내려가는 계단 중간에서 호리키가 멈춰 서더니 "봐!"라고 작은 목소리로 말하며 손가락으로 가리켰습니다.

제 방 위의 작은 창이 열려 있었고, 그곳으로 방 안이 보였습니다. 전등불이 환하게 켜진 방 안에서 짐승 두 마리가 뒤엉켜 있었습니다.

저는 어질어질 현기증을 느끼면서 이 또한 인간의 모습이야, 이 또한 인간의 모습이야, 놀랄 것 없어, 따위의 말을 거친 호흡과 함께 마음속으로 중얼거리며 요시코를 구해야 한다는 것도 잊어버린 채 계단에 못 박힌 듯 서 있었습니다.

호리키가 크게 기침 소리를 냈습니다. 저는 혼자 도망치듯 다시 옥상으로 뛰어 올라와서 벌렁 드러누워 비를 머금은 여름 밤하늘을 올려다보았는데, 그때 저를 엄습한 감정은 분노도 아니고 혐오도 아니고 슬픔도 아닌 엄청난 공포였습니다. 묘지의 귀신 같은 걸 보고 느끼는 공포가 아니라 신사神社의 삼나무 숲에서 흰옷을 입은 신령과 맞닥뜨렸을 때 느낄지도 모르는, 말문을 턱 막히게 하는 고대의 거칠고 난폭한 공포였습니다.

저는 그날 밤부터 새치가 나기 시작했으며 점점 더 모든 일에 자신감을 잃게 되었고, 점점 더 인간에 대한 끝 모를 의심에 빠지게 되었고, 삶의 영위에 대한 일체의 기대, 기쁨,

144

인간 실격인간 실격

공명共鳴 등에서 영원히 멀어지게 되었습니다. 실로 그것은 제 생애에 있어서 결정적인 사건이었습니다. 저는 정면에서 미간이 쪼개지는 큰 상처를 입었고, 그 뒤로 어떤 인간을 만나더라도 그때마다 그 상처가 몹시 쓰라렸습니다.

"동정은 가지만 너도 이 일로 조금은 깨달았겠지. 이제 난 두 번 다시 여기에 안 올 거야. 이건 마치 지옥 같군. ⋯⋯그래도 요시코 씨는 용서해줘라. 너도 어차피 제대로 된 놈은 아니잖아. 이만 실례."

거북한 장소에 오래 머물러 있을 만큼 멍청한 호리키가 아니었습니다.

저는 일어나서 혼자 소주를 마시고 꺼이꺼이 소리 내어 울었습니다. 얼마든지, 얼마든지 울 수 있었습니다.

어느새 요시코가 삶은 콩을 수북하게 담은 접시를 들고 등 뒤에 멍하니 서 있었습니다.

"아무 짓도 안 한다고 해놓고⋯⋯."

"됐어. 아무 말도 하지 마. 너는 사람을 의심할 줄 모르니까. 앉아. 콩 먹자."

나란히 앉아서 콩을 먹었습니다. 아아, 신뢰는 죄인가요? 상대 남자는 저한테 만화를 그리게 하고는 몇 푼 안 되는 돈을 거드름을 피우며 놓고 가는, 서른 살 전후의 무지하고 몸

집이 작은 장사치였습니다.

그 뒤로 그 장사치는 더 이상 나타나지 않았습니다만, 저는 어째서인지 잠 못 드는 밤이면 그 장사치에 대한 증오보다는 처음 발견했을 때 큰기침도, 아무것도 하지 않고 그대로 저한테 알리러 다시 옥상으로 돌아온 호리키에 대한 증오와 분노가 부글부글 끓어올라 괴로움에 몸부림쳤습니다.

용서할 것도 용서받을 것도 없었습니다. 요시코는 신뢰의 천재였으니까요. 남을 의심할 줄을 몰랐던 것입니다. 그러나 그로 인한 비참함.

하느님께 묻겠습니다. 신뢰는 죄인가요?

요시코가 더럽혀졌다는 사실보다 요시코의 신뢰가 더럽혀졌다는 사실이 그 뒤에도 오래오래 저한테는 살아갈 수 없을 만큼 큰 고뇌의 씨앗이 되었습니다.

저처럼 비루하게 쭈뼛쭈뼛 남의 안색만 살피고 남을 믿는 능력에 금이 가버린 자에게 요시코의 순수한 신뢰심은 그야말로 아오바의 폭포처럼 상쾌하게 느껴졌습니다. 그것이 하룻밤 사이에 누런 오수로 변해버렸습니다. 보세요. 그날 밤부터 요시코는 제 일빈일소 顰 笑에 일일이 신경 쓰게 되었습니다.

"이봐." 하고 부르면 흠칫 놀라며 눈길을 어디에 둘지 몰라 괴로운 모습이었습니다. 제가 아무리 웃기려고 해도, 아무리 익살을 떨어도, 절절매고, 벌벌 떨고, 무턱대고 저에게 경어를 쓰게 되었습니다.

과연 순수한 신뢰심은 죄의 원천인가요?

저는 유부녀가 겁탈당한 이야기를 이 책 저 책 찾아서 읽어보았습니다. 그렇지만 요시코만큼 비참하게 능욕당한 여자는 한 명도 없다고 생각했습니다. 도대체가 이건 말도 안 되는 이야깁니다.

그 왜소한 장사치와 요시코 사이에 조금이라도 사랑 비슷한 감정이 있었다면 제 마음도 오히려 편해졌을지도 모릅니다만, 단지 어느 여름밤, 요시코가 신뢰해서 일어난 일이었습니다. 그리고 그뿐. 하지만 그 일 때문에 내 미간은 정면에서 얻어맞아 쪼개졌고, 목소리는 쉬어버렸고, 머리에는 나이에 어울리지 않게 새치가 나기 시작했고, 요시코는 평생 절절매며 제 눈치를 보지 않을 수 없게 되었습니다.

책에 나오는 대부분의 이야기는 아내의 '행위'를 남편이 용서할 것인지 말 것인지에 초점이 맞춰져 있는 것 같았습니다만, 그것이 저한테는 그다지 괴로운 일도 큰 문제도 아니었습니다.

용서한다, 용서하지 않는다, 그런 권리를 가진 남편이야말로 행복할지니. 도저히 용서할 수 없다고 생각한다면 소란 떨 것 없이 즉시 아내와 이혼하고 새 아내를 맞이하면 되고, 그렇지 않다면 '용서'하고 참으면 된다. 어느 쪽이든 남편의 마음 하나로 모든 것이 잘 수습될 거라는 생각마저 드는 것이었습니다.

즉 그런 사건은 남편에게 분명히 큰 충격이겠지만 단지 '충격'일 뿐이며 언제까지나 무한히 밀려왔다 밀려가는 파도와는 달리 권리를 가진 남편의 분노로 어떻게든 처리할 수 있는 문제처럼 저에게는 여겨졌던 것입니다. 그렇지만 우리의 경우에는 남편에게 아무런 권리도 없었고, 생각하면 모든 게 제 잘못처럼 생각되었고, 남편은 화를 내기는커녕 싫은 소리 한마디 못 했고, 또 아내는 그녀가 지닌 귀한 미질美質(아름다운 성질이나 바탕―옮긴이) 때문에 능욕당했던 것입니다. 게다가 그 미질이라는 것은 남편이 예전부터 동경하던 순수한 신뢰심이라는 한없이 가련한 것이었습니다.

순수한 신뢰심은 죄인가?

유일하게 믿었던 미질에조차 의혹을 품게 된 저는 더 이상 뭐가 뭔지 알 수 없게 되었고, 그저 알코올에만 의존하게 되었습니다. 제 얼굴은 극도로 추해졌습니다. 저는 아침부터 소주를 마셨고, 이는 흔들흔들 빠지기 시작했고, 만화도 외설스러운 것을 그리게 되었습니다.

아니, 분명히 말하겠습니다. 저는 그 무렵부터 춘화를 모사해서 밀매했습니다. 소주를 살 돈이 필요했기 때문입니다. 언제나 저한테서 시선을 돌리고 절절매는 요시코를 보면, 이 여자는 경계라는 것을 전혀 모르니까 그 장사치하고 한 번만 그런 게 아니지 않을까? 또 호리키는? 아니, 혹시 내가 모르는 사람하고도? 하는 의혹이 꼬리를 물었습니다.

하지만 그렇다고 작정하고 추궁할 용기는 없어서 예의 불안과 공포에 몸부림치며 소주를 마시고 취해서는 기껏 비굴한 유도 신문 같은 것을 쭈뼛쭈뼛 시도해보고 어리석게도 속으로는 일희일우 喜 憂하면서 겉으로는 공연히 익살을 떨고, 그러고 나서는 요시코에게 저주스러운 지옥의 애무를 가하고 곯아떨어지는 것이었습니다.

그해 말 잔뜩 취해서 귀가한 어느 날 밤, 저는 설탕물이 마시고 싶었습니다. 요시코는 잠들어 있는 것 같기에 부엌에 가서 설탕통을 찾아내 뚜껑을 열어보니, 설탕은 하나도 들어 있지 않고 길쭉하고 작은 까만 종이 상자가 들어 있었습니다. 무심코 집어 든 순간, 그 상자에 붙어 있는 상표를 보고 깜짝 놀랐습니다. 상표는 손톱으로 반 이상 벗겨져 있었지만 남아 있는 부분의 영어 문자는 또렷했습니다. DIAL.

세 번째 수기

디알. 그즈음 저는 주로 소주를 마셨기 때문에 수면제는 먹지 않았습니다만, 불면은 저의 지병과도 같은 것이었기에 대부분의 수면제에 익숙했습니다. 이 디알 한 상자면 분명 치사량 이상입니다. 아직 상자를 개봉한 것은 아니었지만 언젠가 일을 치를 작정으로 이런 곳에, 더구나 상표를 벗겨서 숨겨둔 것이 틀림없었습니다. 가엾게도 그 아이는 상표의 영문을 못 읽기 때문에 손톱으로 반쯤 벗겨내고는 그것으로 됐다고 생각했던 겁니다. (너한테는 죄가 없어.)

저는 소리 나지 않게 살그머니 컵에 물을 채우고 천천히 상자를 뜯어서 단숨에 약을 입속에 전부 털어넣고 컵의 물을 침착하게 다 마시고는 전깃불을 끄고 그대로 잠들었습니다.

저는 3일 동안 죽은 듯이 잠만 잤고, 의사는 과실로 처리해 경찰에 신고하는 것을 유예해주었다고 합니다. 정신이 돌아오기 시작하면서 제일 먼저 중얼거린 헛소리가 집에 가겠다는 말이었다고 합니다. 집이 어디를 가리킨 건지는 당사자인 저도 잘 모르겠습니다만, 어쨌든 그렇게 말하고는 엉엉 울었다고 합니다.

점차 안개가 걷히고 나서 보니 머리맡에 넙치가 아주 불쾌한 얼굴로 앉아 있었습니다.

"지난번에도 연말이었죠. 다들 정말이지 눈이 핑핑 돌 정도로 정신없이 바쁜데 언제나 연말을 기해서 이런 일을 저지르니 저희는 죽을 지경입니다."

넙치의 얘기를 들어주고 있는 것은 교바시의 바 마담이었습니다.

"마담."

제가 불렀습니다.

"응? 정신이 들었어?"

마담은 웃는 얼굴을 제 얼굴 위에 바짝 들이대면서 말했습니다.

저는 눈물을 주르륵 흘렸습니다.

"요시코와 갈라서게 해줘요."

스스로도 생각지도 못한 말이 나왔습니다.

마담은 몸을 일으키고 가늘게 한숨을 쉬었습니다.

그러고 나서 저는, 이 또한 정말 생각지도 못한 우습기도 하고 바보 같기도 한, 형용하기 어려운 실언을 했습니다.

"난 여자가 없는 곳으로 갈 테야."

우선 넙치가 와하하하 하고 큰 소리로 웃었고, 마담도 킥킥킥 웃기 시작했고, 저도 눈물을 흘리면서 얼굴을 붉히고 쓴웃음을 지었습니다.

"응, 그러는 게 좋겠네."

넙치는 언제까지고 칠칠치 못하게 웃으면서 말했습니다.

"여자가 없는 곳에 가는 게 좋겠어. 여자가 있으면 아무래도 안 돼. 여자가 없는 곳이라니 참 좋은 생각이네요."

여자가 없는 곳. 그러나 저의 이 바보 같은 헛소리는 나중에 정말이지 음참陰慘하게 실현되었습니다.

요시코는 제가 자기 대신 독약을 먹었다고 생각했는지 전보다 한층 더 저한테 절절맸고, 제가 무슨 얘길 해도 웃지 않고 제대로 말도 못 하는 지경에 이르렀습니다. 그리고 저도 아파트 안에만 있는 것이 답답해서 저도 모르게 밖으로 나가 또다시 싸구려 술을 퍼마시게 된 것이었습니다.

디알 사건 이후로 저는 살이 부쩍 빠졌고, 팔다리에는 힘이 들어가지 않아 만화 작업에도 점점 소홀해졌습니다. 넙치가 그때 병문안이라며 와서 두고 간 돈(넙치는 제 마음입니다, 라며 자기가 주는 돈인 양 그것을 내밀었습니다만 아무래도 고향에서 제 형들이 보낸 돈 같았습니다. 저도 그때쯤에는 넙치네 집에서 도망쳤던 때와는 달리 넙치의 그런 거들먹거리는 연기를 어렴풋하게나마 간파할 수 있게 되었기 때문에 사정을 전혀 알아차리지 못한 척 얌전하게 그 돈에 대해 감사를 표하긴 했지만, 넙치가 왜 그런 복잡한 책략을 쓰는지 알 것도 같고 모를 것도 같고, 제 눈에는 아무래도 이상하게만 보였습니다)을 가지고 큰맘 먹고 혼자서 시즈오카静岡 현에 있는 미나미이즈南伊豆의 온천장에도 가보곤 했습니다만, 그렇게 태평하게 온천 여행을 다닐 성격은 못 되었나 봅니다. 요시코를 생각하면 그저 쓸쓸하기 그지없었고 여관방에서 먼 산을 바라보거나 하는 차분한 심경과는 거리가 아득히 멀었습니다. 결국 여관에서 내주는 옷으로 갈아입지도 않고 목욕도 하지 않고 밖으로 뛰쳐나가서는, 지저분한 찻집 같은 데 들어가 소주를 그야말로 뒤집어쓰듯이 퍼마시고, 몸이 더 나빠져서 돌아올 뿐이었습니다.

　도쿄에 큰 눈이 내린 밤이었습니다. 저는 취한 채 긴자 뒷골목에서 여기는 고향에서 몇백 리, 여기는 고향에서 몇백 리 하고 작은 목소리로 되풀이해 중얼거리듯이 노래하면서 내리는 눈을 구둣발로 차며 걷다가 갑자기 토했습니다. 그것이 저의 첫 각혈이었습니다. 눈 위에 커다란 일장기가 그려졌습니다. 저는 잠시 쭈그리고 앉아서 더럽혀지지 않은 눈을 양손으로 그러모아 얼굴을 씻으면서 울었습니다.

　여기는 어디 샛길일까?
　여기는 어디 샛길일까?

멀리서 어린 소녀의 서글픈 노랫소리가 환청처럼 희미하

게 들려왔습니다. 불행. 이 세상에는 온갖 불행한 사람이, 아니, 불행한 사람만 있다고 해도 과언은 아니겠죠. 그러나 그 사람들의 불행은 소위 세상이라는 것에 당당하게 항의할 수 있는 불행이고, 또 '세상'도 그 사람들의 항의를 쉽게 이해하고 동정합니다.

그러나 저의 불행은 모두 저의 죄에서 비롯된 것이기 때문에 누구한테도 항의할 수 없었고, 또 우물거리면서 한마디라도 항의 비슷한 얘기를 했다간 넙치가 아니더라도 세상 사람들 전부가 뻔뻔하게 잘도 그런 말을 지껄이는군 하고 어이없어할 것이 뻔했습니다. 제가 세상에서 말하는 '방자한 놈'인 건지, 아니면 반대로 마음이 너무 약한 놈인 건지, 저 자신도 알 수 없었지만 어쨌든 죄악의 덩어리인 듯, 끝도 없이 점점 더 불행해지기만 하는 것을 막을 수 있는 구체적인 방법은 없었던 것입니다.

저는 일어나서, 급한 대로 우선 적당한 약을 먹어야겠다 생각하며 가까운 약방에 들어갔다가 그곳 부인과 눈이 마주쳤습니다. 그런데 그 순간 부인은 플래시 세례를 한꺼번에 받기라도 한 것처럼 얼굴을 쳐들고 눈을 크게 뜨더니 그대로 굳어버렸습니다. 그러나 크게 뜬 그 눈에는 경악의 빛도, 혐오의 빛도 없었고, 거의 구원을 바라는 듯한, 그리운 듯한 빛이 어려 있었습니다.

아아, 이 사람도 틀림없이 불행한 사람이다. 불행한 사람은 남의 불행에도 민감한 법이니까 하고 생각했을 때 언뜻 그 부인이 목발을 짚고 위태롭게 서 있는 것을 알아차렸습니다. 달려가서 부축해주고 싶은 마음을 억누르고 여전히 그 부인과 얼굴을 마주 보고 서 있는 동안 눈물이 흘러내렸습니다. 그러자 부인의 큰 눈에서도 눈물이 뚝뚝 떨어졌습니다.

저는 그대로 한마디도 하지 않고 그 약국에서 나와 비틀거리며 집으로 돌아왔습니다. 그리고 요시코한테 소금물을 만들게 해서 마신 뒤 아무 말 없이 잠자리에 들었고, 그다음 날도 감기 기운이 있다고 거짓말을 하고는 하루 종일 잤습니다. 그러나 밤이 되자 제 비밀인 각혈이 아무래도 불안해서, 그 약방에 다시 가서 이번에는 웃으며 정말이지 솔직하게 지금까지의 몸 상태를 부인에게 전부 털어놓고 상담을 청했습니다.

"술을 끊어야 해요."

우리는 마치 혈육 같았습니다.

"알코올 중독자가 됐나 봐요. 지금도 마시고 싶거든요."

"안 돼요. 우리 집 남편도 폐결핵에 걸린 사람이 술로 균을 죽인다며 술만 마시다 수명을 줄였어요."

"불안해서 못 견디겠어요. 두려워서 도저히 마시지 않고는 못 참겠단 말입니다."

"약을 드릴게요. 술은 그만 드세요."

부인(미망인으로 아들이 하나 있었는데, 그 아이는 지바千葉인가 어딘가의 의대에 들어간 지 얼마 안 돼 아버지와 같은 병에 걸려 휴학하고 병원에 입원 중이었고, 집에는 중풍에 걸린 시아버지가 누워 있었고, 부인 자신은 다섯 살 때 앓았던 소아마비 때문에 한쪽 다리를 전혀 못 썼습니다)은 목발로 따각따각 소리를 내면서 저를 위해 이쪽저쪽 선반을 옮겨 다니며 갖가지 약품을 찾아주었습니다.

이건 조혈제.

이건 비타민 주사제. 주사기는 이것.

이건 칼슘 정제. 위가 상하지 않게 해주는 소화제.

이건 뭐, 이건 뭐 하면서 대여섯 종류의 약품에 대해 애정을 담아 설명해주었지만, 이 불행한 부인의 애정 또한 저에게는 너무 과했습니다. 마지막에 부인이 이건 아무리 애써도 술을 마시고 싶어 못 견딜 때를 위한 약이라고 하면서 재빨리 종이에 싼 작은 상자.

모르핀 주사액이었습니다.

술보다는 해가 덜하다고 부인이 말했고, 저도 그 말을 믿었고, 한편으로는 술 냄새가 역겹게 느껴지기 시작한 참이

기도 했고, 오랜만에 알코올이라는 사탄에게서 도망칠 수 있다는 기쁨도 있었기에, 저는 아무런 주저 없이 제 팔에 그 모르핀을 주사했습니다. 그러자 불안과 초조, 부끄러움까지 말끔히 사라지면서 저는 아주 활기찬 웅변가가 되었습니다. 그 주사를 맞으면 몸이 쇠약해진 사실도 잊고 만화 작업에 열정이 솟아서 저 자신도 그리면서 웃음이 터질 만큼 특이하고 기묘한 만화가 탄생하는 것이었습니다.

하루에 책 한 권을 그리겠다는 작심이 두 권이 되고 네 권이 되었을 때쯤에는 그 약이 없으면 일을 못 하게 되었습니다.

"안 돼요. 중독되면. 그러다 정말 큰일 나요."

약방 부인한테 이런 말을 듣고 나니 이미 상당히 심각한 중독자가 된 듯한 느낌이 들었고(저는 정말이지 남의 암시에 쉽게 걸리는 성격이었습니다. 이 돈은 쓰면 안 된다고 말하면서 "네 돈이니 알아서 해." 따위의 말을 덧붙이면 왠지 쓰지 않으면 안 될 것 같은, 쓰지 않으면 기대를 저버리는 것 같은 묘한 착각에 빠져서 꼭 그 돈을 써버리는 것이었습니다), 중독에 대한 불안 때문에 약을 더 많이 찾게 되었습니다.

"제발 부탁이야! 한 상자만 더. 값은 월말에 꼭 치를게요."

"값이야 언제 치러도 상관없지만, 경찰 때문에 시끄러워서 그래요."

아아, 제 주위에는 늘 뭐랄까 혼탁하고 어둡고 수상쩍은 범죄자의 기운 같은 것이 붙어 다니나 봅니다.

"그러니까 어떻게 눈속임 좀 해달란 말이야. 부탁해요, 부인. 키스해줄게."

부인은 얼굴을 붉혔습니다.

저는 더욱더 뻔뻔하게 말했습니다.

"약이 없으면 일이 전혀 진척되지 않는다고요. 나한테는 그게 강장제 같은 것이거든요."

"그럼 차라리 호르몬 주사가 낫지 않을까요?"

"우습게 보지 마요. 술 아니면 그 약, 둘 중 하나가 아니면 일을 못 해요."

"술은 안 돼요."

"그렇죠? 그 약을 쓰기 시작하면서 술은 한 방울도 마시지 않았어요. 덕분에 몸 상태가 아주 좋아요. 나도 언제까지고 저질 만화 따위나 그리고 있을 생각은 없다고요. 이제부터 술도 끊고 건강도 되찾고 열심히 공부해서 반드시 훌륭한 화가가 돼 보일게요. 지금이 중요한 때라고요. 그러니까 응? 부탁이에요. 키스해줄까?"

"참, 큰일이네요. 중독돼도 난 몰라요."

부인은 웃음을 터뜨리고 따각따각 목발 소리를 내면서 그 약을 선반에서 꺼냈습니다.

"한 상자는 드릴 수 없어요. 금방 다 써버리니까. 반이에요."

"쩨쩨하기는. 뭐, 할 수 없지."

집에 돌아오자마자 주사를 한 방 놓았습니다.

"안 아파요?"

요시코가 쭈뼛쭈뼛 저에게 물었습니다.

"아프지. 그렇지만 능률을 올리기 위해서는 싫어도 이 짓을 하지 않으면 안 되거든. 내가 요새 기운이 아주 팔팔하지? 자, 일이다. 일, 일."

큰 소리로 떠들어댔습니다.

한밤중에 약방 문을 두드린 적도 있습니다. 잠옷 차림으로 따각따각 목발을 짚고 나온 부인에게 느닷없이 달려들어 키스하고는 우는 흉내를 냈습니다.

부인은 아무 말 없이 저에게 한 상자 건넸습니다.

약품 또한 소주처럼, 아니, 그 이상으로 꺼림칙하고 불결한 것이라는 사실을 마음속에서 절감하게 되었을 때는 이미 완전히 중독자가 되어 있었습니다. 정말 몰염치의 극치였습니다. 저는 그 약을 손에 넣고 싶은 일념에 또 춘화 모사를 시작했고, 약국 부인과 글자 그대로 추잡한 관계까지 맺었습니다.

죽고 싶다. 차라리 죽고 싶다. 이제는 돌이킬 수 없다. 무슨 짓을 해도, 무얼 해도 잘못될 뿐이다. 수치만 거듭 쌓일 뿐이다. 자전거를 타고 아오바의 폭포로? 나로선 바랄 수도 없는 일이다. 그저 추잡한 죄에 한심한 죄가 겹치고, 고뇌가 증대하여 강렬해질 뿐이다. 죽고 싶다. 죽어야 한다. 살아 있다는 것 자체가 죄의 씨앗이다. 이렇게 외곬으로 생각하면서도 여전히 집과 약국 사이를 반미치광이처럼 왕복할 뿐이었습니다.

아무리 일을 해도 약 사용량도 따라서 늘었기 때문에 약방 빚은 눈덩이처럼 늘어났습니다. 부인은 제 얼굴만 보면 눈물을 보였고, 그러면 저도 따라서 눈물을 흘렸습니다.

지옥.

이 지옥에서 도망칠 마지막 수단. 저는 이번에도 실패하면 이제는 목을 매는 수밖에 없다는, 하느님의 존재를 내기에 걸 정도의 결의를 가지고 고향에 계신 아버지에게 긴 편지를 써서 제 사정을 전부(여자 얘기는 차마 쓰지 못했습니다) 고백하기로 했습니다.

그러나 결과는 오히려 더 나빠졌고, 아무리 기다려도 답장이 오지 않자 그로 인한 초조와 불안 때문에 오히려 약의 양이 늘어났습니다.

오늘 밤 열 개를 한꺼번에 주사하고 강에 뛰어들자고 혼자 작심한 날 오후, 넙치가 악마의 육감으로 낌새라도 챈 듯 호리키를 동반하고 나타났습니다.

"너, 각혈했다면서?"

호리키는 내 앞에 책상다리를 하고 앉자마자 이렇게 말하더니 그때까지 한 번도 본 적이 없는 다정한 미소를 지었습니다. 그 다정한 미소가 고맙고 기뻐서 저도 모르게 얼굴을 돌리고 울었습니다. 그리고 그의 그 다정한 미소 한 방에 저는 완전히 무너져서 매장되어버리고 말았습니다.

저는 자동차에 태워졌습니다. 넙치가 어쨌든 입원하지 않으면 안 돼, 뒷일은 우리한테 맡겨요, 하고 숙연한 어조('자비로운'이라고 형용하고 싶을 만큼 조용한 어조였습니다)로 저에게 권했고, 저는 의지도 판단력도 없는 사람처럼 그저 훌쩍훌쩍 울면서 두 사람이 시키는 대로 순순히 따랐습니다. 요시코까지 포함해서 우리 네 사람은 꽤 오랫동안 자동차 안에서 흔들리다가 주위가 어두컴컴해졌을 때쯤 숲속에 있는 대형 병원의 현관에 도착했습니다.

저는 요양원일 거라고만 생각했습니다.

한 젊은 의사가 지극히 온화하고 정중한 태도로 저를 진찰하더니 "글쎄요, 당분간 여기서 정양하시지요."라고 수줍은 듯 미소 지으며 말했고, 넙치와 호리키와 요시코는 저만 남겨두고 돌아가기로 했습니다. 요시코는 갈아입을 옷이 들어 있는 보따리를 저한테 건네주고는, 오비 사이에서 주사기와 쓰다 남은 예의 약품을 꺼내 잠자코 내밀었습니다. 아직도 강장제인 줄로만 알고 있었던 걸까요?

"아니, 이젠 필요 없어."

정말 신기한 일이었습니다. 누군가 무언가를 주었을 때 거절한 것은 제 평생 그때 단 한 번밖에 없다고 해도 과언이 아닙니다. 제 불행은 거절할 능력이 없는 자의 불행이었습니다. 권하는데 거절하면 상대방의 마음에도 제 마음에도 영원히 메울 수 없는 또렷한 금이 갈 것 같은 공포에 시달렸던 것입니다. 그런데 그때 저는 그렇게 반미치광이처럼 원하던 모르핀을 정말이지 자연스럽게 거절했습니다. 요시코의 이른바 '신과 같은 무지'에 충격을 받았던 것일까요? 아니면 그 순간 이미 중독자에서 벗어나게 된 것일까요?

그러고 나서 저는 바로 그 수줍어 보이는 미소를 띤 젊은 의사의 안내를 받아 어느 병동에 넣어졌고, 철컥 소리와 함께 자물쇠가 잠기며 그대로 감금되었습니다. 그곳은 정신병원이었습니다.

여자가 없는 곳으로 가겠다는, 디알을 먹었을 때 제가 했던 바보 같은 헛소리가 정말이지 기묘하게 실현된 셈입니다. 그 병동에는 남자 미치광이뿐이어서 간호사도 남자였고 여자라곤 한 명도 없었습니다.

이제 저는 죄인이 아니라 미치광이였습니다. 아니, 저는 단연코 미치지 않았습니다. 단 한 순간도 미친 적이 없었습니다. 아아, 그렇지만 미치광이들은 대개 그렇게들 말한다고 합니다. 즉 이 병원에 들어온 자는 미친 자, 들어오지 않은 자는 정상이라는 얘기가 되는 것이지요.

하느님께 묻겠습니다. 무저항이 죄입니까?

호리키의 그 이상하고도 아름다운 미소에 저는 울었고, 판단도 저항도 잊어버렸고, 자동차에 태워져 여기까지 끌려와서 정신 이상자가 되었습니다. 이제 여기서 나가도 저의 이마에는 미치광이, 아니, 폐인이라는 낙인이 찍혀 있겠지요.

인간, 실격.

이제 저는 더 이상 인간이 아니었습니다.

제가 여기에 온 초여름쯤에는 쇠창살이 끼워진 창에서 병원 마당의 작은 연못에 빨간 수련이 피어 있는 것이 보였습니다만, 그로부터 석 달이 지나 마당에 코스모스가 피기 시작하자 뜻밖에도 고향에서 큰형이 넙치와 함께 저를 데리러 와서는 아버지가 지난달 말에 위궤양으로 돌아가셨다고 말했습니다.

"이제 네 과거는 묻지 않을게. 생활 걱정도 시키지 않으마. 넌 아무것도 안 해도 돼. 그 대신, 이런저런 미련이 있겠지만 곧바로 도쿄를 떠나서 시골에서 요양 생활을 해라. 네가 도쿄에서 저지른 일의 뒤치다꺼리는 시부타가 대강 해줄 테니까 신경 쓰지 않아도 돼."

큰형이 진지하게, 긴장한 듯한 어조로 말했습니다.

고향 산천이 눈앞에 보이는 듯해서 저는 희미하게 고개를 끄덕였습니다.

진정한 폐인.

아버지가 돌아가셨다는 사실을 알고 난 뒤 저는 점점 더 얼간이가 되어갔습니다. 이젠 아버지가 안 계신다. 내 마음에서 한순간도 떠나지 않았던 그 그립고도 무서운 존재가 이젠 안 계신다. 제 고뇌의 항아리가 텅 빈 것 같은 느낌이었습니다. 제 고뇌의 항아리가 쓸데없이 무거웠던 것은 아버지 탓이 아니었을까 하는 생각조차 들었습니다. 저는 모든 의욕을 상실했습니다. 고뇌하는 능력조차 잃었습니다.

큰형은 저에게 한 약속을 정확하게 실행해주었습니다. 제가 태어나고 자란 마을에서 기차로 네댓 시간 남쪽으로 내려간 곳에 동북 지방에서는 드물게 바닷가의 따뜻한 온천지가 있는데, 그 마을 끝에 있는, 방은 다섯 개나 되지만 무척

오래된 듯 벽이 허물어지고 기둥은 벌레를 먹어 거의 수리할 수조차 없는 시골집을 사서 저에게 주고, 머리카락이 심하게 빨간 예순에 가까운 못생긴 식모를 한 사람 붙여주었습니다.

그러고 나서 3년하고도 얼마간의 시간이 지나는 동안 저는 데쓰라는 그 늙은 식모한테 몇 번인가 이상한 방법으로 겁탈을 당했고, 가끔씩 부부 싸움 같은 것도 하게 되었고, 가슴의 병은 일진일퇴해서 살이 쪘다 말랐다 하고 혈담이 나오기도 했습니다.

어제는 칼모틴을 사오라고 데쓰를 마을 약국에 심부름 보냈더니 여느 때의 상자와는 다른 칼모틴을 사왔지만 대수롭지 않게 여기고 자기 전에 열 알 정도 먹고 나서 도통 잠이 오지 않아 이상하게 생각하던 차에 배가 이상해서 황급히 화장실에 갔더니 맹렬한 설사가 이어졌습니다. 그러고 나서도 연달아 세 번이나 화장실에 갔습니다. 하도 이상해서 약 상자를 자세히 살펴보니 그것은 헤노모틴이라는 설사약이었습니다.

저는 똑바로 누워서 배에 유탄포湯湯婆(더운물을 넣어 몸을 따뜻하게 하는 통이나 주머니─옮긴이)를 올려놓고 데쓰에게 잔소리를 할 생각으로 말을 꺼냈습니다.

"이봐, 이건 칼모틴이 아니야. 헤노모틴이지."

그렇게 말하다 말고 "후후후후." 하고 웃고 말았습니다. 아무래도 '폐인'이란 단어는 희극 명사인가 봅니다. 자려고 먹은 것이 설사약이고, 게다가 그 설사약의 이름이 헤노모틴이라니.

지금 저에게는 행복도 불행도 없습니다.

모든 것은 지나간다.

지금까지 제가 아비규환 그 자체로 살아온 소위 '인간'의 세상에서 단 한 가지 진리처럼 느껴지는 것은 이 말뿐입니다.

모든 것은 그저 지나갈 뿐입니다.

저는 올해로 스물일곱이 되었습니다. 그러나 흰머리가 눈에 띄게 늘어서 대부분의 사람들은 마흔 살 이상으로 봅니다.

나
오
며

나는 이 수기를 쓴 미치광이를 직접 알지는 못한다. 그렇지만 이 수기에 나오는 교바시 스탠드바의 마담으로 짐작되는 인물은 조금 안다. 몸집이 작고 안색이 좋지 않고 눈이 가늘게 치켜 올라가고 코가 높은, 미녀라기보다는 미남이라고 하는 편이 어울릴 만큼 딱딱한 느낌의 여자였다.

　이 수기에는 1930년대 초기의 도쿄 풍경이 주로 묘사되어 있는 듯한데, 내가 친구 손에 이끌려 그 교바시의 스탠드바에 두세 번 들러 하이볼 같은 것을 마신 것은 일본 군부가 노골적으로 설치기 시작하던 1935년 전후의 일이었으니 이 수기를 쓴 남자는 만나지 못했던 것이다.

　올해 2월 나는 지바 현 후나바시船橋 시로 피란 가 있던 한 친구를 찾아갈 일이 있었다. 대학 동창으로 지금은 모 여자 대학에서 강사 노릇을 하는 친구다. 이 친구에게 내 친척의

혼담을 부탁해두었기 때문에 신선한 해산물이라도 구해서 집안 식구들한테 먹일 겸 배낭을 짊어지고 후나바시 시까지 갔던 것이다.

후나바시 시는 갯벌에 면한 꽤 큰 도시였다. 그런데 그 친구네는 새로 이사 온 주민이어서 그 고장 사람들한테 번지수를 대고 물어봐도 집의 위치를 좀처럼 알 수가 없었다. 추운 데다 배낭을 짊어진 어깨가 아프기 시작해서 나는 레코드판 소리에 이끌려 어느 다방의 문을 밀고 들어갔다.

거기 마담이 낯이 익어서 물어보니 바로 10년 전 교바시에 있던 그 작은 바의 마담이었다. 마담도 금방 나를 기억해냈는지 둘 다 놀라서 과장되게 웃고는 이럴 때 나오기 마련인, 공습으로 집이 타버린 일 따위를 누가 묻지도 않았는데 자랑스러운 듯 서로 말하고는,

"당신은 하나도 안 변했네."

"웬걸요. 이젠 할머니가 다 되었는데. 온몸이 안 아픈 데가 없어요. 당신이야말로 여전히 청춘이네요."

"당치도 않아요. 벌써 애가 셋이나 되는걸. 오늘은 그 녀석들 먹일 걸 사러 왔어요."

따위로 오랜만에 만난 사람끼리 흔히 하는 인사를 나누고 나서 둘의 공통되는 지인들의 소식을 묻다가 문득 마담

이 새삼스레 어조를 바꾸더니 "당신이 요조를 알고 있었던 가요?"라고 물었다. 모른다고 대답하자 마담은 안으로 들어가 노트 세 권과 사진 석 장을 들고 와서 나한테 건네주면서 "소설의 소재가 될지도 모르겠네요."라고 말했다.

나는 남이 떠맡기는 소재로는 작품을 쓰지 않는 성격이었기 때문에 그 자리에서 바로 돌려줄까도 생각했지만, 그 사진(이 사진 석 장의 기괴함에 대해서는 들어가며에서도 언급했다)에 마음이 끌려서 어쨌든 노트를 맡기로 하고 돌아갈 때 다시 여기에 들르겠지만, 무슨 동네 몇 번지 누구 씨라고 여자 대학에서 강사로 일하고 있는 친구의 집을 혹시 모르냐고 물어보니 새로 이사 온 사람끼리라 그랬는지 알고 있었다. 가끔 이 다방에도 들른다고 했다. 바로 근처였다.

그날 밤 친구와 술을 한잔한 뒤 그 집에서 묵기로 한 나는 아침까지 한숨도 자지 않고 그 노트를 읽었다.

수기의 내용은 옛날이야기이긴 했지만, 요새 사람들이 읽어도 꽤 흥미를 느낄 것이 틀림없었다. 쓸데없이 내가 첨삭을 가하기보다는 이대로 잡지사 같은 곳에 부탁해서 발표하는 것이 좀 더 의의가 있을 듯싶었다.

아이들에게 선물로 줄 해산물은 건어물뿐이었다. 나는 배낭을 짊어지고 친구에게 작별 인사를 하고 나서 어제 그 다

나오며

방에 들러 "어제는 고마웠습니다. 그런데……." 하고 바로 본론을 꺼냈다.

"이 노트는 당분간 제가 좀 빌려가도 될까요?"

"예, 그러세요."

"이 사람 아직 살아 있나요?"

"그걸 도통 모르겠어요. 10년쯤 전에 교바시의 가게로 그 노트하고 사진이 소포로 왔는데, 보낸 사람이 요조가 틀림없을 텐데, 그 소포에는 요조의 주소도 이름도 쓰여 있지 않았거든요. 공습 때 다른 물건에 섞여서 이것도 신기하게 무사했는데, 저는 얼마 전에 처음으로 다 읽고……."

"울었습니까?"

"아뇨, 울었다기보다…… 틀린 거죠. 사람이 이 지경이 되었다면 이젠 틀린 거예요."

"그 후로 10년이 지났으니 이미 죽었을지도 모르겠군요. 이건 감사의 뜻으로 당신에게 보낸 거겠죠. 다소 과장해서 쓴 듯한 부분도 있지만, 당신도 꽤 피해를 본 것 같군요. 만일 이것이 전부 사실이라면, 그리고 내가 이 사람의 친구였다면 나 역시 정신 병원에 집어넣고 싶었을지도 몰라요."

"그 사람의 아버지가 나쁜 거죠."

마담이 무심하게 말했다.

"우리가 알던 요조는 아주 순수하고 자상하고…… 술만 마시지 않는다면, 아니, 마셔도…… 하느님처럼 좋은 사람이었어요."

〈다자이 오사무 연보〉

1909년(0세)

6월 19일, 아오모리 현 기타쓰가루 군 가나기 마을의 대지주인 쓰시마 가문에서 여섯째 아들로 태어났다. 11남매 중 열 번째였다. 본명은 쓰시마 슈지津島修治.

1916년(7세)

가나기 제1진조 소학교에 입학했다.

1920년(11세)

증조모가 별세했다.

1922년(13세)

소학교를 졸업하고 조합에서 세운 메이지 고등소학교에 입학했는데, 이 학교에서 소설 〈친우교환〉에 등장하는 고향

174

인간 실격

친구들을 많이 사귀었다. 중학교에 바로 가지 않은 것은 수석으로 졸업하고도 다자이의 학업성적을 걱정한 아버지가 학력을 보충하기 위해 지방 사무조합에서 운영하던 메이지 고등소학교에 입학시켜 1년 동안 다니게 했기 때문이다.

1923년(14세)

귀족원(상원) 의원이었던 아버지가 향년 53세로 별세했다. 아오모리 현립 아오모리 중학교에 입학했고, 성적은 모든 과목에서 우수했다.

1925년(16세)

3월 '아오모리 교우회지'에 발표한 〈마지막 섭정〉을 시작으로 작품 활동을 시작했다. 친구들과 함께 동인지《성좌》,《신기루》를 창간했고, 본격적으로 작가의 길을 걷기 시작했다.

1926년(17세)

큰형, 셋째 형과 함께 잡지《아온보》를 창간했다.

1927년(18세)

중학교 4학년을 수료하고 히로사키 고등학교에 입학했

다. 〈인간 실격〉의 주인공 오바 요조 역시 중학교 4학년을 마치고 고등학교에 진학했다. 다만 요조는 아버지의 뜻에 따라 고등학교에 진학했지만, 다자이의 아버지는 이 시기에 이미 고인이 되었다는 차이점이 있다.

이 무렵 이즈미 교카, 아쿠타가와 류노스케의 문학에 심취했으나 같은 해 7월 아쿠타가와가 자살하자 큰 충격을 받아 학업을 포기하고 요정에 출입하며 우울하게 지내다가 15세의 게이샤 오야마 하쓰요(게이샤로서의 이름은 베니코)를 만났다.

1928년(19세)

동인지 《세포문예》를 창간했고, 본명에서 한자만 바꾼 쓰시마 슈지辻島衆二라는 이름으로 〈무간나락〉이라는 작품을 발표했다. 이때 동인으로 가담한 이소노카미 겐이치로의 영향으로 마르크스주의를 접하게 되어 프롤레타리아 문학에 심취했으나 자신의 사회적 계급에 절망한 다자이는 1929년 12월 안정제의 일종인 칼모틴을 과다 복용하여 자살을 시도했으나 미수에 그쳤다. 다자이의 형도 좌익 운동에 가담했다가 사망했다.

1930년(21세)

히로사키 고등학교 문과를 졸업하고 도쿄제국대학 불문학과에 입학했다. 그러나 프랑스어를 전혀 모르는 데다 대학 1학년 때부터 바로 전공 수업에 들어가는 당시의 교육제도로 인해 학업에 적응하지 못한 다자이는 좌익 운동에만 몰두하며 수업에는 거의 나타나지 않았다고 한다.

이 무렵 그에게 큰 영향을 끼친 이부세 마스지를 만났고, 1930년 11월 카페의 여급 다나베 시메코(가명 다나베 아쓰미)와 가마쿠라의 고유루기 곶에서 바다에 투신하여 동반 자살을 시도했지만 시메코만 죽고 다자이는 살아남아 자살 방조죄로 체포되었으나 기소 유예로 석방되었다.

이때의 경험은 그의 소설 〈인간 실격〉, 〈어릿광대의 꽃〉에서 묘사되었다. 두 작품의 주인공 이름도 '오바 요조'로 같다. 〈인간 실격〉에서 시메코 역할을 하는 여성의 이름은 발음이 비슷한 '쓰네코'이다.

1931년(22세)

2월, 오야마 하쓰요와 동거하기 시작했고, 슈린도朱麟堂라는 이름으로 정형시 하이쿠를 짓는 데 몰두하면서 계속 좌익 운동에 종사했다. 9월, 만주사변이 발발했다.

1932년(23세)

아오모리 경찰서에 자수하고 이후 좌익 운동에서 이탈했다. 소설가로 본격적인 행보를 보이며 〈추억〉을 쓰기 시작했다.

1933년(24세)

이때 처음으로 '다자이 오사무'라는 필명을 사용하여 〈촌놈〉이라는 짤막한 자기소개 글을 발표하고, 단편 소설 〈열차〉를 발표했다. 〈열차〉는 아쿠타가와 류노스케에 대한 다자이의 존경심이 드러나는 작품이다. 이후 동인지《해표海豹》에 참가하여 〈어복기魚服記〉를 창간호에, 〈추억〉을 4, 6, 7월호에 발표했다.

1935년(26세)

2월, 소설 〈역행〉을《문예》에 발표했다. 동인지 외에 발표한 첫 작품이다. 3월, 미야코 신문사 입사 시험에 응시했으나 낙방하고 같은 달 15일 가마쿠라의 산중에서 목을 매어 자살을 기도했으나 실패했다.

1935년은 다자이의 인생에서 여러모로 파란만장한 해였다. 맹장염이 복막염으로 발전하는 바람에 3개월 동안 병원에서 요양했고, 진통제로 사용한 파비날에 중독되었으며 그해 신설된 아쿠타가와 상의 후보로 〈역행〉이 올랐으나 2위로 낙선했다. 이후에도 끝내 이 상을 단 한 번도 수상하지 못했다.

1936년(27세)

파비날 중독이 재발하여 병원에 두 번이나 입원했다. 퇴원 후에도 약물 중독 증세가 더욱 심해지자 걱정하던 이부세 마스지와 주위 동료들은 '결핵을 치료하기 위한 요양'이라 속이고 그를 무사시노 병원의 정신 병동에 입원시켰다. 그는 한 달 후에 완치되어 퇴원했는데, "나를 인간으로도 생각하지 않는 모양이다. 나는 인간으로서의 가치를 상실하고 말았다."고 말했을 정도로 정신적으로 깊은 상처를 입었다. 이 경험은 이후 〈인간 실격〉의 결말을 통해 묘사되었다.

이해에 초기의 작품 15편을 모은 처녀창작집《만년》을 간행했다. 이 소설집은 이후 전개될 다자이의 문학 세계를 미리 보여주는 다자이 문학의 원천이라 할 수 있다.

1937년(28세)

오야마 하쓰요가 자신이 입원해 있는 동안 집안 친척 고다테 젠시로와 불륜을 저질렀다는 사실을 알고 충격을 받아 다니가와谷川 온천에서 하쓰요와 함께 칼모틴으로 동반 자살을 기도했으나 역시 미수에 그쳤다. 이 경험 역시 〈인간 실격〉에서 묘사되었다. 이후 잠시 절필했으며, 귀경 후 하쓰요와 결별했다. 오야마 하쓰요는 1944년 중국 칭다오에서 향년 32세로 사망했다.

1938년(29세)

야마나시 현 미사카 고개에 있는 덴카차야天下茶屋에서 3개월간 머무르며 〈불새〉의 집필에 전념했으나 결국 이 소설은 미완에 그친다. 그곳에서 이부세 마스지에게 고후甲府 시 출신의 이시하라 미치코(고등학교에서 지리와 역사를 가르치는 교사)를 소개받아 약혼했다.

1939년(30세)

1월, 이부세 마스지의 자택에서 미치코와 결혼식을 올리고 아내의 고향인 고후 시에 정착한 다자이는 정신적으로 안정되어 작품 활동에 몰두할 수 있었고, 이때 집필한 〈황금풍경〉이 《국민신문》의 단편 소설 콩쿠르에서 당선되었다. 9월, 도쿄 미타카三鷹로 이사하여 전쟁 전후를 제외하고는 사망할

때까지 이곳에 머물렀다.

1940년(31세)

단행본 《여생도》가 제4회 기타무라 도코쿠 상의 부상副賞으로 입상했다. 이 시기의 대표작으로는 일본 교과서에도 실린 국민 소설 〈달려라 메로스〉가 있다.

1941년(32세)

장녀 소노코가 6월에 태어났고, 11월에 징집 영장을 받았으나 흉부 질환으로 면제받았다. 태평양 전쟁 중에도 집필을 이어갔는데, 이 시기의 대표작으로는 〈쓰가루津輕〉가 있다. 자신의 고향을 여행하며 쓴 기행문 형식의 이 소설은 문학적으로도 상당히 높은 평가를 받았는데, 소설가이자 평론가인 사토 하루오는 "다른 모든 작품을 없앤다고 해도 〈쓰가루〉 하나만 있으면 그는 불멸의 작가 중 한 사람이다."라고 평했다.

1942년(33세)

10월, 〈불꽃놀이〉를 발표했으나 시국에 맞지 않는다는 이유로 전문 삭제 명령을 받았다(이 작품은 1946년 11월 《박명薄明》에

〈일출 전〉으로 제목을 바꾸어 수록되었다). 12월에는 모친이 별세하여 단신으로 귀경했다.

1943년(34세)

〈종달새의 소리〉를 완성했으나 검열에 걸릴 우려가 있어 출판이 한 차례 연기되었다가 이듬해인 1944년에 출판했으나 인쇄소가 공습을 당해 출판 직전의 책들이 몽땅 소실되었다. 다행히 교정판이 남아 있어서 1945년 〈판도라의 상자〉라는 이름으로 출판되었다.

1944년(35세)

8월에 장남 마사키가 태어났다. 12월에는 정보국과 문학보국회文學報國會의 의뢰를 받아 〈석별〉을 쓰기 위해 센다이를 방문하여 노신魯迅이 센다이에 머물렀을 때의 일을 조사했다.

1945년(36세)

도쿄 대공습 때 가족들을 모두 처가로 보내고 혼자 도쿄에 남았다가 집이 파괴되는 바람에 뒤늦게 처가로 피란했고, 3개월 후 처가도 공습으로 전소되어 다자이의 고향으로 피란하기도 했다.

1946년(37세)

1946년 한 해 동안 〈부모라는 두 글자〉, 〈거짓말〉, 〈화폐〉, 〈겨울의 불꽃놀이〉 등 15편의 작품을 발표하며 왕성하게 활동했다. 11월에 약 1년 반의 피란 생활을 마치고 가족과 함께 미타카의 자택으로 돌아왔다.

1947년(38세)

4월에 집필하기 시작해서 6월에 완성한 〈사양〉은 몰락한 귀족의 이야기를 다룬 작품인데 그해 베스트셀러가 되었다. 둘째 딸 사토코가 태어났고, 같은 해 가인歌人인 오오타 시즈코 사이에서는 하루코가 태어났다.

1948년(39세)

다자이에게 불후의 명성을 안겨준 자전적 소설 〈인간 실격〉과 〈앵두〉를 발표했다. 여담으로 다자이 오사무의 기일을 일본에서는 '앵두 기일'로 부른다고 한다.

6월 13일 밤, 〈굿바이〉의 초고와 유서 몇 통, 이마 하루베에게 남긴 시 등을 책상맡에 놓고 내연녀 야마자키 도미에와 다마가와玉川 송수로에 투신하여 동반 자살했다. 자살 동기에 대해서는 무수한 추측이 난무했는데 내연녀와의 문제 때문이라는 설, 아내와의 사이에서 낳은 아들이 다운증후군이기 때문이라는 설 등이 횡행했지만 정확한 사유는 알 수 없었다. 과거에 야마자키 도미에가 게이샤였던 것을 알고 충격을 받았다고는 하지만 실상은 아무도 모른다. 청산가리 음용 후 투신했다는 소문이 돌아 송수로의 수질 검사가 시행되기도 했다. 6월 19일에 시신이 발견되었는데, 공교롭게도 이날은 다자이의 39번째 생일이었고 다자이의 시신을 수색하는 동안에는 하염없이 비가 내렸다고 한다.

유작은 〈굿바이〉가 되었다. 《아사히 신문》에 연재 중이던 소설이었는데 13화까지 쓴 상태였다고 하며, 결국 미완성으로 남게 되었다.

묘소는 도쿄 도 미타카 시 젠린지禪林寺에 있는데, 다자이의 생전 바람에 따라 모리 오가이의 묘소 맞은편 오른쪽에 다자이의 묘소가 마련되었다.